行走世界 览藏好景

张尔全 著

第一辑

陕西新华出版
太白文艺出版社·西安

图书在版编目（CIP）数据

行走世界　览藏好景. 第一辑 / 张尔全著. -- 西安：太白文艺出版社, 2025.3. -- ISBN 978-7-5513-2965-1

Ⅰ. I267

中国国家版本馆CIP数据核字第2025NT8506号

行走世界　览藏好景. 第一辑
XINGZOU SHIJIE LANCANG HAOJING.DIYIJI

作　　者	张尔全
责任编辑	李明婕
整体设计	杨　桃
出版发行	太白文艺出版社
经　　销	新华书店
印　　刷	四川科德彩色数码科技有限公司
开　　本	889mm×1194mm　1/16
字　　数	327千字
印　　张	21.5
版　　次	2025年3月第1版
印　　次	2025年3月第1次印刷
书　　号	ISBN 978-7-5513-2965-1
定　　价	89.00元

版权所有 翻印必究
如有印装质量问题，可寄出版社印制部调换
联系电话：029-81206800
出版社地址：西安市曲江新区登高路1388号（邮编：710061）
营销中心电话：029-87277748　029-87217872

序言

记得我的国内游记第一辑《浅浅的足迹》出版后，在 2022 年 6 月 23 日朋友们为我庆生聚会时，好些朋友和战友都嚷着要我签名赠书。我也乐意同大家分享，当场就签下"求雅正"赠出了上百本。好些和我同游过国外的朋友，趁着席间热菜热酒下肚后的酒兴，如郑光福、岳军、张湧等人，在把盏交杯中又嚷着要我早点儿把游走国外的见闻整理出来，既可日常欣赏又好收藏纪念。几杯酒下肚，我也不知天高地厚了，夸下海口："要得要得，不仅要写，还想把国外游记整成第一辑第二辑出书哟！"

尽管说"人仗酒劲胆子粗"。但事后细细品味，我胆子粗也是有底气的。因为我一直都有做笔记的习惯，不管是游国内还是游国外，不但时间、地点、人物、场景、历史典故都有翔实的记录，而且所拍摄的照片也有注解。在几十年的人生经历中，我已"阴差阳错"地游览了亚洲、欧洲、非洲、北美洲、南美洲等七十多个国家和地区，游记素材都是自己亲自获取的一手资料，只要静下心，要写也能成。朋友有需求，自己又喜欢。把走过赏过的异国他乡不同人文地理，风景见闻编辑成册，出版面世，对同行者是纪念，对读者若能起参考作用也是快事！是啊，游记游记，游走赏玩后所"记"真情实景才叫游记。游记是场景、特定时段的烙印！只要所记述的国家不灭，民族不亡，风景存在，对于有兴趣关注游记所述内容的读者，都是具有"导游图"式的参考和赏玩价值的。

01

基于对游记基本功能的理解，就更增强了我要动笔写国外游记的信心。是啊，俗话说"雁过留声，人过留名"。我一介草民又没名气，图"留名而写游记述景"才真是笑死人！正如我在国内游记第一辑《浅浅的足迹》序言中表述的那样：我写游记是为"以景抒怀""咏物寄兴"来深化自己耍得"有味道"的体验，既不图名更不见利！只图"将游迹聚集成书"而"留点儿脚板印"！如遇趣味相投或乐于关注的人，不管是亲朋好友还是素昧平生者，都可以免费赠阅供其参考。欣慰的是我的国内游记第一辑成书后，好些没得到赠书的朋友，也"传书带信"要我把书给他（她）留一本……可见是受欢迎的。但我也有自知之明，也晓得"人上一百、形形色色"，喜欢我的人总是要看的。没看书习惯的人，世界名著摆在面前，也不一定会翻一下。况且我这个小人物写的国外游记，更不奢望别人都喜欢。据此我得优先保留点儿自己的尊严：如察"烦人"不爽，就不再免赠，图个"孤芳自赏"，也是乐事！再说，哪怕是不小心让"不喜欢"者要了拿去当废纸卖，能为卖废品者添点儿斤两也算做了"贡献"！

好了。话虽这样说，既然印成书，总是想要有人看的。本次汇集成册的游记，事先已在网络"美篇"平台展示过。据平台的规定，凡上平台的文章只给三天时间供读者赏阅，到时再好的文章，都转存不候。虽说限定时间，可据平台的数据统计，我的每篇游记发出后，阅读者还算不少，少者几千，多者能超万。截至2024年4月6日的数据显示，总阅读量已超70万人次。现在，要将美篇平台上我的游记散文移交出版社审核出版，为便于喜欢纸质书的读者阅读，我要特别说明几点：

一、游记属于叙事散文，它不是文学创作中如小说类可以虚构的作品，所以必须保证其真实性。因此我写游记始终坚持在亲身经历基础上的原创，没有虚构。文中所言皆是当时我的理解。如遇"时过境迁"，万一出现冲突，当然要以"已变化"了的事实为准。

二、游记散文是以文字描述为主的一种文学样式，在采用文学语言描写所见所闻的同时，必须兼顾新闻的真实属性。为便于写作，我讲究突出主题，在取材时尽量为读者提供乐趣和想象空间，所以有点儿侧重"以小博大""以点概面"。但限于篇幅，只好在侧重文章主题的同时兼顾景观介绍。由此导致好多景观介绍只能点到为止，使阅读者不免产生"意犹未尽"的遗憾，还盼能理解。

三、游记以文字为主体，文中图片只是为了增强文字的说服力。本书游记中的图片都是我在游历中的实地拍摄（遇主题需要借用图片是极为特殊的情况，我都标明了出处）。总想多放几张，又限于篇幅，只好缩小、合并。有碍美感，敬请谅解。

我将本书贡献给喜欢的朋友，尽管无法做到让你"一卷在手，含英咀华"，但我还是希望和你共勉在跨越时空的距离，当你触碰异域的好景时，能收获无穷的快乐，陶冶情操，提升赏景的素养和品位。

张尔全于2024年4月6日草于成都郊外青城山龙头桥侧的阁屋

目录
CONTENTS

- 001 .... 第一次出国我到的是苏联
- 005 .... 跟团访美趣事多
- 009 .... 组团自驾游美国　横扫大景快乐行
- 020 .... 瑞士虽小风光好　多次游走忘不了
- 027 .... 面积不大新加坡　小龙喷雾罩富豪
- 031 .... 二十年后又去游　马来西亚有看头
- 038 .... 泰国耍法比较多　再次游玩也快乐
- 043 .... "文艺复兴"意大利　"永恒之城"叫罗马
- 050 .... 城边小国梵蒂冈　面积虽小地位高
- 055 .... 一个国家三个首都　竟然还是非洲老大
- 063 .... 以为高端就要高楼大厦　实探村镇幸福指数爆棚
- 072 .... 浪漫国度女英雄　雕铸悲剧塑国魂
- 079 .... 凭啥世界第二小国吸引两万富豪定居
- 084 .... 靠海盗立国大国变小国　靠和平崛起穷国成富国
- 089 .... 千湖万岛森林国　总统疏宗认亲戚
- 096 .... 说起瑞典真奇葩　竟是法国人在当家
- 102 .... 昔日海盗当今富豪　日子节俭乐于共享
- 108 .... 昔日强抢女人　如今女人当家
- 116 .... 昔日世界海上霸主　如今弱小没落之国
- 122 .... 苍天彩笔描生灵　一城一色尽奇闻
- 129 .... 首个日不落，早就已没落　没落有余光，存世遗产多
- 137 .... 渲染诅咒讨扯眼　探知真相赏顶端
- 146 .... 锡兰岛国览生态　耍法自然品悠闲
- 152 .... 以为酷暑难耐地　哪知凉爽如春城

01

158............	干旱蛮荒风沙地　野生动物的天堂
168............	非洲人种起源早　原始痕迹却不少
176............	灵醒预设巧安排　祥云幻影助趣来
184............	华人重镇温哥华　位置卓越宜居地
191............	美国接壤加拿大　游西雅图也行嘛
200............	鸟瞰航赏落基山　傍牛仔城看了看
208............	班夫连绵贾斯珀　风光旖旎山水绝
230............	魁北克到多伦多　蒙特利尔居中嘛
243............	赏瀑布飞珠溅玉　品玉液滨湖小镇
258............	老挝是个风景秀丽、山川迷人的地方
262............	一个由恶龙庇佑的地方：印象中的斯洛文尼亚
267............	钢铁硬汉铁托的故乡：克罗地亚
272............	多次打响惊动世界枪声的地方：波黑
279............	要想目睹天堂美景，就到杜布罗夫尼克
283............	以自己高山颜色命名的国家：黑山
287............	既熟悉又陌生的国家：阿尔巴尼亚
291............	因国名争吵几十年的国家：北马其顿
295............	地处巴尔干半岛东南部的国家：保加利亚
299............	一个坐在"火药桶"桶盖上的国家：塞尔维亚
306............	被多瑙河缠绵得绚丽多姿的国家：罗马尼亚
319............	游走巴尔干：览尽好景多感叹！
323............	踏上太平洋的科隆群岛　其独特地貌实属罕见
326............	畅游亚马孙热带雨林　风光无限好叫人醉呀
331............	自由穿梭厄瓜多尔　游玩体验丰富多彩
333............	后记

第一次出国我到的是苏联

人的一生，从小到大，从幼到老，要经历好多事，走好多路。不同的事，不同的路还好说，可遇到相同的事，或近似的路，又多次走或反复走，就有第一、第二、第三，直到无数次的区别。这不，改革开放几十年以来，赶上好时机，我以前做梦都不敢想的"出国"，到目前已经历好多次，已去过世界几十个国家和地区了。今天突发奇想，想出本"出国游专辑"的册子以慰心灵，聊作纪念。从何下笔呢？于是就搜肠刮肚，终于翻出第一次出国的记忆。那就记录在此，奉献给读者做茶余饭后闲暇时的谈资嘛！

那是1990年9、10月间的事情了。当年，成都城区只有东、西城两个区。金牛区是城市近郊区，16个乡分布在城区周围。那时，我在金牛区洞子口乡政府工作，为顺应改革潮流，政府组团到黑龙江考察边境贸易。作为团长，我同甘素芳、李克兰、何玉报、蒋友恩等人一同到了边境城市黑河。当年的苏联还没解体，中苏关系刚缓和，苏联的经济正在走下坡路，整个社会都在躁动不安中。黑河市同苏联的布拉戈维申斯克市隔黑龙江相望。那时我国的国门也才刚刚打开，苏联边境同中国边境的"以物易物"的边贸生意也刚刚开始。当年，国内还没开展境外旅游事务，我们在黑河经了解得知，凭"中国商人出境购货证"，可早上出发到布拉戈维申斯克市，当天下午5点前返回黑河市。

办完手续，拿到证件，第二天早上8点，我们来到指定地点，已有几十人候着，待会儿人齐了，就乘船前往对岸。不到半个小时就离船上岸，到了苏联的远东第三大城市布拉戈维申斯克市。进城时，连证件都没人查。布市已有100多年历史，与中国的黑河市隔着黑龙江，相距只有700多米。布市历史上曾是中国的一个村庄，原名叫"海兰泡"，位于黑龙江左岸和精奇里江（俄称结雅河）右岸的两江汇合处。1858年，俄罗斯帝国同清政府签订《瑷珲条约》时，该村划割成俄罗斯帝国的辖地。随即，俄罗斯帝国政府将"海兰泡"改为"布拉戈维申斯克"，俄语意为"报喜城"。到了1900年7月，俄罗斯帝国政府为驱逐中国原住民，酿成了骇人听闻的"海兰泡惨案"。尽管这段血腥惨案已经是历史了，但是，了解历史事件真相的人，在踏上这片土地时，内心依旧是五味杂陈的……

我们在布市转悠，发现这里已经看不到任何中国的元素了。各个角落充斥的都是俄罗斯面孔和俄语，建筑也是俄罗斯流派，完全是一派俄罗斯民族的风情。当时，苏联处在风雨飘摇中，更大的危机正在暗中酝酿。我们一路走过，所见之处也是惨兮兮的：大街小巷冷冷清清，好多店铺和商场都没开门。好不容易找到一家开着门的商场，走到里面转一圈，除了卖铁器钢材类物件的货架上有物品摆放外，其他日用百货类的货架上都是空的，连服务人员都看不到一个。是呀，当年苏联重视重工业，轻工业本来就跟不上，加之物资紧缺，无货源供应，实属正常。

午饭后，从黑河一起过来的导游带着我们走走看看。下午2点左右到了一处开阔地，只见这里人群聚集，人头攒动，人声鼎沸。好多苏联人拿着旧的皮衣、皮靴子、皮帽子、手表以及铁件、钢件等各种各样的物品，在这里比比画画，跟中国商人或者游客手中拿的珍珠项链等廉价装饰品和搞不懂啥子原料做的化妆品等物品做交易。听导游说这里是易物市场，是苏联民众将私人物件拿来在这里搞"以物易物"的自由市场。物品质量没有保障，属于黑市。

进城时无人管，但要出境返回中国时，检查就严了。当年，苏联这里的边境关卡连个门都没有，将铁桩插地上，再绑上绳索，隔出空间摆张桌子就是检查站了。周围站着几十个苏联的边防军人和检查的工作人员，地上放了好些口袋。挨个查证件时，重点是查中国人要带走的物品。有看得上的，就没收，丢口袋里。据我观察，凡带有多件物品者，起码有一件要被没收。被查者有意见也没办法，语言又不通，找导游交涉，只说是违规物品被没收了。

不到5点开始排队接受检查准备出境，结果光检查就等了几个小时。回到中国黑河市住的旅店已经晚上10点多了。

这就是我和朋友对苏联的布拉戈维申斯克市的印象，是我第一次跨出国门，也是我人生遇到的好多个第一次中，具有深刻印象的记忆之一。

将第一次出国的经历放在这里，作为开篇，以示后面的游记，大致是按时间顺序排列的。

▶ 以上图片是当年到苏联布拉戈维申斯克市一日游的全体成员。

跟团访美趣事多

　　到国外去走走看看，估计好多人内心都是兴奋的。1992年，我幸运地争取到机会，去美国看了看。现在回想起来，这段经历是几十年来旅行经历中，最值得我怀念的一段记忆，同时，对我的人生也是一种激励！

　　1992年9月13日，机缘巧合下，我有了去美国的机会。

▶ 在政府大楼外巡逻的帅气警察。

首先，我们去耍了位于洛杉矶的好莱坞环球影城。当年，中国旅游业还没有起步，而在美国，以好莱坞电影为代表的旅游基地已光辉闪耀了好多年，我们这些"土包子"，像刘姥姥进了大观园，眼睛都不够用了，整得一愣一愣的。

▶ 这帮人也是激情四射，竟然敢坐香蕉翻滚船，虽吓掉魂，却也体验了个当年国内见都没见到过的"洋盘"。

▶ 以下照片，是当年分别在加州迪士尼乐园、好莱坞、圣迭戈海洋世界等处游玩的纪念。

耍了好莱坞，又去观赌城——拉斯维加斯。拉斯维加斯是沙漠中的一座现代化城市。尽管是以博彩业为主体，但是围绕博彩业发展起来的相关行业，如旅游业、餐饮业等也都兴旺发达。特别是夜晚，灯红酒绿、人声鼎沸、繁华热闹，我们眼睛在看，内心在想："看了长见识，信心有增长！""回国好好干，敢闯也变样。"

▶ 赌城引爆激情，风险吓死人。都不敢下水，只城内看夜景。

这里走，那里看，灯红酒绿迷人眼，进了赌场不敢沾。我自控能力不高，腰杆也不硬，没那胆上赌桌。

看了赌城又转场旧金山。旧金山看点也多，金门大桥是重点。赏完大桥观市容，唐人街去兜一圈。华人情结都那样，同根同源有眼缘。商铺一家又一家，祝愿生意兴又隆。

▶ 从赌城往旧金山走的路上，在服务区休息了一会儿。

美国那么大，其他地方没去看。说是到美国，只是在几个城市走马观花了一下。

9月28日上午，我们从洛杉矶乘机直飞中国香港，逗留两天后转机回成都。

自己有啥收获呢？要细说，写篇长文都可以。但在这里只能简单地概括一下：那时至今几十年的岁月里，我好像习惯于"一分为二看美国"了。当遇到对美国看法有分歧的人和事时，我都持"学好避劣"不争论的态度，这也是我后来又多次游美国的原因。要问我学美国学到了啥子？我也说不出个啥子一二三。反正是内心有点儿小满足，也感觉"洋盘"了好一阵子。

您说这是"无趣事"还是"有趣事"？硬要有个说法嘛，那就只有借用"仁者见仁、智者见智"这句话来结束我这篇小文，让感兴趣的朋友自己去鉴别了！

组团自驾游美国　横扫大景快乐行

▶ 这种巨大型号的野牛,是黄石公园的标配。

先交代下背景。2014年重游美国时,距我于1996年按政策规定办理提前退休已有18年了。这18年间,别人下海网大鱼,我势单力薄只能抓虾虾。"走南闯北淋风雨,饥饱不均谋创业。老天不负勤苦人,终获效益有收成。"在实现了财务基本自由后,爱好游玩的"初心"就复燃了。重游美国时,决定租车自驾看大景,弥补遗憾。有了想法就行动,于是,我携妻在成都参团，于 6 月 25 日直飞美国旧金山，拉开了首次自驾游美国的序幕。这次自驾游的行程是从加利福尼亚州出发，途经内华达州、亚利桑那州、犹他州、怀俄明州和爱达荷州等六个州，最后游览完黄石国家公园后，抄近路返回旧金山。

旧金山位于美国加利福尼亚州西海岸的圣弗朗西斯科半岛，是座三面环水，环境优美的山城，属于亚热带地中海气候，是深受美国人喜爱的城市之一，这里是本次自驾游美国的起点和终点。随团驱车行驶在飞架于海湾之上的金门大桥，漫步在位于闹市的渔人码头，游走在世界上最曲折的街道九曲花街，欣赏那代表富贵和时尚的联合广场，美丽的景色让我有些激动。

▶ 旧金山的金门大桥、渔人码头、联合广场、九曲花街等景观，很有看头。

离开旧金山驱车前往圣迭戈海军基地。我站在岸边，眺望美国最著名的太平洋舰队基地和海军航空西岸基地。只见那五十余艘大小各异的舰艇联网成片，静静地停靠在港湾……圣迭戈老城也是个充溢乐趣的历史古城，这里是西班牙早期的殖民地，更是加州历史的诞生地和第一批到达此地的欧洲人的定居所。我们游览完由众多历史遗迹和博物馆以及商店、餐厅组成的美丽街区后，又驱车前往蒂华纳，这个以"南美风情"闻名的小镇……

▶ 圣迭戈的二战雕塑公园和海军基地，以及蒂华纳小镇。

之后，我们去了洛杉矶。第一站来到好莱坞环球影城，乘着电动拖车进入各景区，真切地感受"大地震""山洪暴发""大白鲨食人"等惊险场景；乘船穿越"恐龙时代的侏罗纪公园"，同古代野生动物相遇。之后，又去漫步好莱坞星光大道。耍得真是别有一番滋味在心头！离开洛杉矶，自驾近五个小时后，我们来到世界著名赌城拉斯维加斯，在这个"越夜越激情"的世界级娱乐中心，去体验纸醉金迷里充斥着的魔幻，闪烁着的妖娆，妙不可言。无论是金殿的人造火山，还是神秘的百乐宫里那壮观迷人的芭蕾舞，无不叫观者感慨万端，收获了极度的愉悦与欢畅……

▶ 关于洛杉矶和拉斯维加斯的照片太多，以点带面意思一下。

从赌城出发前往世界七大自然界奇观之一的美国科罗拉多大峡谷，我们开了五个多小时的车。对于美国西部众多峡谷，我感觉单从自然景观角度讲，虽各有不同，但科罗拉多大峡谷更壮观，更雄奇，天然的看点更多，大自然的沧海桑田在这里有了完美的展示。置身于深不可测、绵绵不绝的峡谷中，望着大峡谷那鬼斧神工般的奇峰异石，阳光明媚却无法抵达峡谷底部而产生的诡谲阴影，这一切幻化出令人遐想的美妙胜景，叫人内心感叹，思绪万千……

▶ 科罗拉多大峡谷留影。

至于美国亚利桑那州的"羚羊峡谷"，那就是另一番味道了。这是世界上著名的狭缝型峡谷之一，是在洪水的冲刷和侵蚀，以及风力助推下形成的趣景。羚羊峡谷分为上段和下段。上段就是洪水泛滥时侵蚀出的峡谷，这段峡谷基本裸露在地面。下段是被洪水的威力塑造出的峡洞，直插地下上百米深处，形成峡谷隧道。这峡谷高低错落，蜿蜒曲奇；宽窄随性，自然天成。我徜徉在峡谷的底部，聚精会神地观察着岩壁上坚硬光滑如同流水般的痕迹，思考着这洪荒之力的奇迹……突然，从峡谷的另一端传来美国民间著名的《老鹰之歌》的曲子，顿时让我有了飘飘欲仙的感觉……是啊！在如此奇妙的境地，听着这如此悠扬而野性的呼唤，特别是这乐曲荡漾碰撞岩壁而产生的多重回音，好有意味，真的是让我醉了。我循着音乐找去，啊！原来是当地的纳瓦霍原住民艺术家正在为游客演奏。在我看来，在此境听到此乐，真是营造出了"天籁之音"的效果，让人在观景的同时，感受艺术的熏陶。

▶ 羚羊峡谷很有味道，把印第安人导游也拉来合影。

美国地广人稀，奇山险峻众多。特别是从拉斯维加斯到黄石国家公园沿途的山脉，因地质构造的不同，加之外部环境如干旱、多风暴等因素，造就好多各具特色的峡谷。驱车沿途，赏峡绵绵。除以上略举一二，限于篇幅，再将布莱斯峡谷和蛇河峡谷概括一起说说。位于美国犹他州西南部，科罗拉多河北岸的布莱斯峡谷国家公园，并非真正意义上的峡谷，而是由远古海水退去后残留的干涸的海床和众多奇特岩柱组成的巨大的自然的"剧场"。占据舞台的演员，就是这些经若干年风吹雨打侵蚀耸立的沉积岩。它们在大自然的打磨下，有的如宝剑直逼云霄，有的如仙女亭亭玉立，有的如巨兽张牙舞爪。特别值得称道的是，这些沉积岩因个体差异，在光线的作用下又呈红、蓝、黄、紫等几十种不断变化的色调，流光溢彩，变幻莫测！

再说地处爱达荷州的蛇河峡谷。它位于蛇河流域，峡谷两侧非常陡峭，落差很大。峡谷内却如平原，水网纵横，草木茂盛，生机勃勃，峡谷外则荒凉干燥，峡谷内外天差地别。黑褐色的岩石遍布峡谷，有点儿像外星球的地貌，肖松尼瀑布和皮瑞尼铁桥都在此峡谷。

▶ 这是布莱斯峡谷的现场缩影。

▶ 蛇河峡谷和肖松尼瀑布的周边剪影。

除了众多峡谷之外，我们这趟自驾游的重头戏就是黄石国家公园。

黄石国家公园的景色美不胜收。首先，在众多湖泊相互辉映的同时，孕育出铺天盖地以巨型杉树为主的森林，由地热形成的各具特色的间歇喷泉恰到好处地散落在不同区域，让人们在偌大的公园内可以见到近百处的世界级温泉、喷泉景观。其次，公园内又密集分布着玄武岩、流纹岩以及由火山碎屑岩堆积而成的怪石，陪衬着喷泉、温泉等产生的水雾，冉冉升起的水雾洗涤着岩体，阳光照射后又时不时形成彩虹横跨天际，造就的奇景吸引眼球。再次，如茵的草原上游荡着众多的美洲野牛、驼鹿、白尾鹿等，林间溪流常常出现黑熊、棕熊捕捞鳟鱼的场景，公园上空盘旋的各种猛禽也喳喳不绝……将这黄石国家公园装点得梦幻奇妙！

除了欣赏黄石国家公园，我们在自驾途中也尽览众多的自然好景，如宰恩国家公园、大提顿国家公园、太浩湖、纳帕谷等，都去"横扫"了一遍。涉及人文景观的好景，如位于加州的圣迭戈旁边的墨西哥境内的蒂华纳小镇，美国的亚利桑那州的佩奈小镇，犹他州的坎拉布小镇，内华达州的曾号称"世界上最大的小城市"的里诺城等。另外，盐湖城、罗伯特·蒙达维葡萄酒庄等地，我们也都去游览了一番。

▶ 黄石国家公园是野生动物的乐园。

▶ 站在黄石国家公园的高处看间歇喷泉，只有妖娆的烟雾。

这次自驾游美国，先从旧金山租车跑了一大圈，在游览了黄石国家公园后，于华人较多的温尼马卡小镇稍微休整，再绕太浩湖，跨越内华达州和加州之间的滑雪胜地，游览了纳帕谷地后又回到了旧金山住宿休整。本次自驾游最后一天的上午，我们从旧金山北边的蒙特雷小镇出发，在原石滩和森林中穿行后终止于旧金山南面卡梅尔小镇的著名景点"17英里"海岸线。接着，归还车辆并吃了午餐。下午，众人便去自行体验购物乐趣，收获了"心满意足"，就搭乘航班返回国内了。

▶ 游玩美国小镇不举杯，对不起一路的奔波劳顿！

▶ 盐湖城不仅仅是城市的名字，出城不远就真的有一座盐湖，一望无际，有味哟！

▶ 旧金山的"17英里"海岸线，又叫1号公路。景观好得惊人。

自1992年首游美国后，我在2014年的6、7月期间自驾游美国和2018年两次过境顺道游美国。前后多次到美国给我的印象都很深刻，自觉

有所收获。其一，美国地广人稀，自然景观人为破坏少，风光旖旎大景成片，值得一游。其二，人文景观起步早，建得好，有特色。尽管几十年来没有大修大建，但品相仍然耐看，特色仍然突出，被游人喜爱。其三，沿途驰骋，道实路宽，车流疏密有度，基础设施配套完备，实用度高。1992年首次游时，当时的美国要领先中国几十年。后来重游，通过几十年来的赶超，我国的基础设施已不逊色于美国。而美国的基础设施已陈旧，几十年来变化不大，但仍实用。中国确实日新月异变化大，具有较强的时代性。

至于其他，写论文也说不完扯不清，本文没必要也不能，我就此打住了。

▶ 在旧金山租车自驾游美国六个州结束后，一直回味无穷。

游美国已过去若干年了，想起来还蛮有趣。

瑞士虽小风光好　多次游走忘不了

▶ 瑞士的大城和小镇，好多都有天然或人工湖泊。这是苏黎世湖的一角。

说起瑞士，我印象深刻。女儿在欧洲高等商学院研究生毕业后，就留在瑞士工作生活，至今已十多年。从那时起，女儿就利用年假带我们游瑞士或从瑞士出发游欧洲，所以我才敢说对瑞士印象深刻。

瑞士国土总面积只有41285平方千米，人口也只有800万多一点儿。放在世界范围看，是个小小的国家。虽说小，但同样放在世界范围看，分量却不轻。为啥呢？因为瑞士"全球创新指数位列第一"，是世界上最富裕的国家之一。不仅被称为"金融之国""钟表王国""欧洲水塔""世界花园""欧洲的心脏"，而且是众多国际组织总部或办事处所在地和国际会议的主办国，"联合国""世贸组织""世卫组织""国际奥委会""国际红十字会"等45个国际主流组织都在瑞士设立了总部或办事处。所以这个小国家的一举一动，常常会引发全世界的关注。

▶ 这几张照片都是在日内瓦拍摄的。瑞士的日内瓦是举行国际会议的重地。左上就是万国宫前的国旗广场。

说实在的，作为普通游客来瑞士耍，对其国际地位如何并不关心，关心的是景好不好，有没有耍头。对这个问题，由于游人的个体差异，自然是仁者见仁、智者见智。我仅站在自己的角度，记述点儿浅浅的足迹。

我认为瑞士的山有特色，水有灵气。从地形地貌来看，瑞士地势高峻，西北部的汝拉山区、南部的阿尔卑斯山脉地区及中部些许平坦地，构成三个自然地形区。但总体上看，这是个以山地为主的国家。特别值得强调的是阿尔卑斯山脉。该山脉横跨欧洲的瑞士、奥地利、意大利、法国、德国等多个国家，直线长1200千米。在瑞士境内的阿尔卑斯山脉有众多著名山峰，如少女峰，海拔4000多米，山顶常年被冰雪覆盖，而山下却绿草茵茵，风光旖旎，作为自然遗产被列入《世界遗产名录》，并同中国的黄山结为姊妹山。

▶ 来到少女峰，当然是要留个影。

◇ 瑞士虽小风光好　多次游走忘不了

▶ 站在少女峰远眺，眼睛看得远，但镜头表现不出来。瞧，爬山的小火车又来了。

山高自然景色天成。行走瑞士各地，崇山峻岭，湖光潋滟，山水相依，妙景横生。我在瑞士游玩，感觉不管是大城还是小镇，都像是依山而建，沿湖而生。苏黎世在瑞士的重要地位限于篇幅就不说了，只简单说下它的湖——苏黎世湖。该湖位于苏黎世州的西南部，苏黎世城位于湖的西北端，是沿湖最大的城市，我女儿的家就在这濒湖的一条街上。到女儿家耍时，我每天要沿湖岸跑步几千米锻炼身体，女儿也曾陪我乘船耗时几个小时游湖。苏黎世湖宽1—4千米，长约29千米，面积达88平方千米，水深100多米。湖周围时而院落民居相依相偎，时而教堂古建筑相互衬托，构成绝美的画面，使人目不暇接，如临仙境。湖面临岸浅水处，时有芦苇摇曳、垂柳戏水。

▶ 这都是在苏黎世湖边拍摄的。第一张是建在湖边的孔子学院。

▶ 女儿的家就在这条紧挨苏黎世湖的街上。我常同女儿及朋友到湖边休闲。

而沿湖岸浅水处,在芦苇摇曳和垂柳戏水中,野鸭、海鸥、天鹅相互追逐,翻飞翱翔。特别是遇有游客携食投喂时,顿时招来众多飞禽争抢觅食,水波荡漾,人声鼎沸……好个人鸟和谐,天然生乐!

▶ 桥头湖面,水鸟成群。人鸟和谐,湖水盈盈。

除了苏黎世，其他够味的地方，还有首都伯尔尼、日内瓦和卢塞恩等现代化城市，以及众多位于山腰、湖边和林中的美丽小城，如洛桑、因特拉肯、采尔马特等，这些我都去过了。除了伯尔尼城区离湖泊远点儿，其他地方好似都"城绕山在转，湖泊城中闪，水天互映趣，喜眼醉心间"！

▶ 在伯尔尼游玩，也拍几张照片做纪念。

瑞士风景自然天成，所以叫"世界花园"。要将这花园奉献给游人，瑞士人也是下足了功夫。滑雪、溜冰、攀岩等运动设施，不管是在山顶还是在山腰，随处可见。酒店、饮吧、温泉等休闲娱乐场所，不管是大城还是小镇，都能觅见踪影，特别是配合游人观景的设备，也很周全。要往山顶登高远眺，除了有盘旋的景观道供游客乘车上山外，还有电梯或索道可供游客选择。要想跑州穿镇去赏沿途的景色，可以坐一种专门用于穿梭风景区的小火车，它除了底部不透明，其他三面都以玻璃为主，按当地人发音叫它"狗登法子"。这种小火车逢景点就有站，一票制。

◇ 瑞士虽小风光好　多次游走忘不了

▶ 瑞士小镇都像世外桃源，限于篇幅，只放几张洛桑小镇的照片意思下。

要说美食，瑞士人也讲究。我曾随女儿到卢塞恩的瑞士人朋友家中做客。朋友家不仅有恒温葡萄酒窖，还订了农场配送的食材，以保障天天有鲜品，餐餐食鲜味。饮酒的讲究名堂也多，不仅有甜品佐饮餐前酒，而且正式进餐前会陈列10种以上口味的葡萄酒让客人选择，按客人的要求上酒。至于上桌的美食嘛，当然是以西餐为主，餐具很讲究，摆盘也美观。对不对胃口，当然是客随主便了。这是到别人家做客人的所见所闻。至于城市的餐饮业，也比较丰富。西餐是主流，中餐和其他类型的菜品也有。

▶ 去卢塞恩的朋友家做客，主人夫妇非常热情地陪我们喝餐前酒。卢塞恩也是个美丽的城市。

如有机会再去游瑞士，我也是高兴的。

面积不大新加坡　小龙喷雾罩富豪

　　了解新加坡历史的人都知道，百年前这块面积不大的土地还是一穷二白。那时不叫新加坡，古称淡马锡、星洲、星岛。随着时间推移和历史的发展，特别是在1819年英国人莱佛士到此后，利用马六甲海峡的优势拓展贸易，1824年新加坡沦为英殖民地，并通过搞自由贸易港来吸引大批以华人为主的移民前来谋业，现在的新加坡华人约占总人口的74%。值得一提的是，首批华人是来自中国的厦门。据资料记载，到1836年，这里的华人总数已增至13749人，这些华人包括富商、农民和劳工，另外还有少数马来人和印度人。后来又经历了日本侵略时期、英国再统治时期、新马合并时期，终于在1965年8月9日脱离马来西亚，宣布成立新加坡共和国，成为一个有主权、民主和独立的国家，新加坡第一任总理就是华人李光耀。

　　李光耀不仅改变了新加坡的落后面貌，而且使新加坡迅速跨入发展快车道，在20世纪60年代末至90年代，与韩国、中国香港、中国台湾并称亚洲四小龙。

　　新加坡在采取各种措施发展经济的同时，特别重视从教育着手，立足长远发展来培养人才，提高全民素质。自1987年政府就实施统一源流的教学，并将唯一的中文大学——南洋大学与新加坡大学合并为新加坡国立大学。在制定实施大规模引进高素质移民政策的同时，加大并强化政府官员素质的提高，在构建和完善政府治理体系时，尤其在打击腐败上下功夫，新加坡的清廉指数长期位居世界前列，在亚洲更是首屈一指。

20世纪90年代初，"旅游"对大多数国人来说还是陌生词，敢吃螃蟹的人就瞄准了新加坡，捎带马来西亚和泰国，率先搞起新马泰出境游，让国人开眼界，后来才逐渐兴起了面向全世界的旅游热潮。

就是在这波出境游热潮后的1994年国庆节，我作为团长，同一群志同道合的朋友一起去新马泰一游，对新加坡来了个实地探访。

▶ 这是我和全体团员在新加坡游览时的合影留念。

到新加坡游走，有一种走亲戚的感觉，一股华人世界的热乎劲儿迎面而来。

我们一行人在导游的带领下，第一站游览了具有厚重历史感的牛车水街。乍一听"牛车水"，就觉得这街名怪怪的。一探访，才知道"牛车水"三个字承载了新加坡的过往。原来，牛车水街是最初华人落脚新加坡的地方。因为新加坡生活必需的淡水，都是用牛车拉来的，久而久之，"牛车水"就成街名了。现在的牛车水街已是世界上著名的唐人街了。凡到新加坡的外国人，要想了解新加坡，了解华人在这个国家的发展史，要想看浓浓的东方色彩，首选就是牛车水街。

▶ 不去牛车水街看看，相当于没到新加坡。到了水牛街不去品尝当地美食，就无法感受新加坡唐人街的风采。

新加坡虽说小，但看点也很多。例如，鱼尾狮公园、小印度街区、圣淘沙岛屿、滨海演艺中心等等。

▶ 想起几十年前同游新加坡的朋友，那时个个都意气风发！现在也都退休了。

　　新加坡尽管国土面积狭小，但立国之策中重要的一点就是开放度大，着力高起点引进人才。当年，我们游览时听导游讲："新加坡引进人才分技术移民和投资移民。技术移民是重点。只要有真才实学的高科技人才，不花钱都能入籍。而投资移民就不同了，动辄几百上千万……"可见要想做新加坡人也是不容易的。新加坡是实打实地"强壮"，所以在有生之年，如果有机会，再去新加坡看看也是值得的。

二十年后又去游　马来西亚有看头

▶ 在夜间远远望去，吉隆坡的标志性建筑双子塔，很是妖媚。

在 20 世纪 90 年代初，国内最先开辟新马泰旅游线路时，我和张湧、马江平、周忠放等十多个朋友参团去了马来西亚首都吉隆坡游览。事隔近二十年后的 2013 年 11 月期间，我在女儿和妻子的陪同下，又去马来西亚几个地方自由行、深度游，感觉这个国家也是有特点、有看头的。

马来西亚国土分为东、西两个部分。西马位于马来半岛南部，北与泰国接壤，南与新加坡隔柔佛海峡相望，东临中国南海，西濒马六甲海峡。东马位于加里曼丹岛北部，与印度尼西亚、菲律宾、文莱相邻。公元初，马来半岛有羯荼、狼牙修等古国。15 世纪马六甲王朝统一了马来半岛大部分地区。16 世纪先后被葡萄牙、荷兰、英国占领。20 世纪沦为英国殖民地。第二次世界大战时期被日本占领。1963 年，马来西亚才实行君主立宪建立了联邦制国家。

马来西亚有国土面积 33 万平方千米，总人口 3370 万，其中华人约 23%，华语在马来西亚有很重要的地位。

▶ 在吉隆坡市政中心广场前留影纪念，以及地标建筑双子塔。

马来西亚首站我们来到了首都吉隆坡。我翻阅相关资料了解到，吉隆坡位于巴生河与鹅麦河交汇处，东有山脉为屏障，北面和南面有丘陵环绕，西临马六甲海峡。马来语"吉隆坡"的意思是指"泥泞河口"，在不到一个世纪的时间里，这个当初的"泥泞"不堪的"河口"矿业小镇，迅速发展成为面积近250平方千米、人口超百万的马来西亚第一大城市，是马来西亚的政治、经济、文化、商业和外交中心，并跻身世界一线城市的行列。

我们游走在吉隆坡这座城市，看到这里的新城市的建设和旧传统的理念得到了巧妙地融合。它既拥有世界最高的双塔楼——双子塔，又保留了许多历史遗迹。

我们游走在这里，觉得吉隆坡还具有东西方文化交相辉映的特色。它既有东方的鲜明色彩，又有西方的时尚做派。城内的大街小巷里，穆斯林清真寺、中式庭院和英国殖民时期的英式建筑错落有致。唐人街、马来村、印度院也相映成趣，多元文化的有机融合，给人并存相依的感觉。

▶ 吉隆坡白天的阳光、夜晚的灯光都很吸引眼球。

游了吉隆坡，我们就租车前往150千米外著名的马六甲市。马六甲市位于马六甲海峡北岸，战略位置极为重要，是马来西亚历史最悠久的古城，于2008年被列入《世界遗产名录》。值得一提的是，马六甲这个地方跟中国的联系是密切的。早在15世纪初的明朝永乐年间，郑和率领庞大舰队多次通过马六甲海峡，破万顷碧浪，驶入浩瀚的印度洋，将中国人的足迹留在了这里。从现在的航运事务上来看，马六甲海峡是中国通往印度洋的重要通道。

我们游走在这座古城，到处可见华人印记，这里还有独特的"娘惹文化"。何为"娘惹"？原来，在明朝或更早从中国的福建或广东潮汕一带移民到马六甲的华人，同当地马来人通婚所生的后代，男孩叫"峇峇"，女孩称为"娘惹"，也称为土生华人或侨生。这样就形成了一种特别的文化现象，既信仰、种族、姓氏等具有华人的认同，又从语言、饮食、服饰衣着等方面受马来人的影响，成为马六甲地区的一大特色。

另外，马六甲的鸡场街是集文化、休闲、旅游为一体的古老街坊，这里充满了华人气息，是马六甲作为"世界遗产"的核心老街区域，也是具有文化底蕴的著名景点。再有就是明朝郑和七次远涉重洋时，因五次驻节马六甲设"官厂"形成的二十多条街巷，都在证明这里是当年华人迁居南洋时，最早的聚集地。要强调的是，这里现存许多中西结合的古建筑，包括百年华人会馆、寺庙、祠堂等，应有尽有。特别是每逢周五至周日，还延续着华人习惯，连续三天傍晚至凌晨开夜市，摆摊设点售卖各种饮食、土特产和工艺品。我走在这里觉得热闹得很。使我感到格外亲切的是，在鸡场街的管理处找洗手间时，管理人员问我是哪里人，我回答是中国成都人时，对方就高兴地说："我们鸡场街也想像成都的宽窄巷子那样热闹！"他还告诉我他们正酝酿跟宽窄巷子成为友好合作关系。可见，我们成都的宽窄巷子也是名声在外哟！

▶ 左上照片是设在鸡场街旁边的郑和纪念馆。另外三张都是在鸡场街拍的纪念照。

▶ 在马六甲鸡场街的铺子里留个影。

耍了马六甲，就按女儿的攻略，前往马来西亚的沙巴。说起沙巴，估计好多到过这里的人都觉得，沙巴是一个收获高兴的地方。我到这里游了也觉得这话不虚。为啥啊？因为沙巴拥有自然生态万千的原始热带雨林，拥有美丽的沙滩、清澈的海水和丰富的海洋生物，还是一个鲜为人知的古老文明的圣地。它的西南面是文莱，正西面是中国的南海，东面是苏禄海，南面与印度尼西亚接壤，是海外数得上的高质量的度假胜地。

到了沙巴码头，酒店的接驳船就将我们送到建在海面上的度假屋。沙巴全年没有台风海啸的袭扰，人称"风下之乡"。在这里旅游主要是踏浪观海、潜水赏景、挥竿垂钓、躺卧赏日、起身看鱼……饿了品海鲜，想动了就到原始森林中跋涉，去观看长鼻猴伴着鲜花跳跃；耍腻了就去乘筏渡河喝啤酒，晚上顺便观赏萤火虫。

▶ 白天到森林里耍时看到的野猪。晚上坐船看萤火虫。

▶ 在海面上的度假屋或船上休闲，感觉都很愉悦！

虽说好，但也是别人家的地方。所以休闲几天后，就按原计划从沙巴乘机飞回成都双流机场，结束了我重游马来西亚的行程。

泰国耍法比较多　再次游玩也快乐

▶ 推着游客看大象表演后,又拉着游客同大象照相。这是泰国好多旅游项目的标准流程。

说起游泰国,估计去过的人都会津津乐道地讲出好多趣闻来。

我初次游泰国,前面文章说了,就是在新马泰打捆一条龙时去的。那时一道前往的朋友都是初次出国,又都是年轻人,玩心也重,看到国内没见过的玩法,都觉得新鲜稀奇,兴趣浓得很。例如,到了曼谷,在热浪烘托下，看到那金碧辉煌的大皇宫、卧佛寺、四面佛、郑王庙，都忙不迭地要照相留影；在动物园看各种各样动物表演后，跟老虎、蟒蛇、鳄鱼、大象合影的项目痛快掏钱，也不心疼。至于泰式按摩、人妖表演等花里胡哨的项目，也不避嫌而嘻嘻哈哈地去享受、观赏。

▶ 在金碧辉煌的大皇宫等建筑物前留影，也是好多初游者的选择。

▶ 跟各种动物装个样子留影，当时也觉得很有趣。

耍了曼谷又转战芭堤雅，就又掀开了另一波疯癫的耍浪。进了啥子东芭乐园、格兰岛，什么"海上快艇拉降落伞蜻蜓点水""乘游船出海舒享晒两面佛""挥竿垂钓敞怀整烧烤"，真的是耍得不亦乐乎！

当年朋友们在泰国耍得疯主要有几个原因：一是多数人都初涉稀奇事，图新鲜；二是年轻幼稚耍心大；三是花钱爽快。其他理由还可以举好多，但没必要。反正是耍安逸回国后，似乎都神神秘秘高兴了好一阵。

泰国耍法比较多　再次游玩也快乐

▶ 摩托艇拉降落伞,也是一种耍法。

▶ 坐游艇到深海晒个"两面佛",有趣也潇洒。

▶ 表演完节目，人妖们跑台下拉游客合影赚小费。不过"男人成妖"去猎获的也是男人的好奇心，可见人妖们为了生存，也是以辛酸和血泪为代价的！

正因为首次到泰国耍得开心，回来还觉得心里欠欠的，所以后来再去的人也多了，好多耍了皇帝岛、普吉岛、珊瑚岛、皮皮岛和清迈等线路的朋友谈起这些景观都眉飞色舞。想起当年好些景观没去，我心里痒痒的。于是，2010年3月，我又携妻去泰国自由行，去耍没耍过的普吉岛。

普吉岛位于泰国南部，是由安达曼海环抱的几十个岛屿中最大的一个，也是泰国重要旅游胜地之一，素有"安达曼海之珠"的称谓。在游览中，我俩还碰到了成都国嘉制药厂的朋友文武先生一家三口。于是就结伴同行到郊外找正宗的泰国餐厅，既品尝美食又享受异国的田园风光，收获了不一样的体验。在普吉岛自由行的几天里，我们除了漫步几个邻近岛屿外，重点就是浮潜赏鱼、游泳戏水、沙滩踏浪、日落发呆，一句话就是"面朝大海闲聊静心"。

▶ 重游泰国，乐趣多多哈！普吉岛又美又好玩。

在普吉岛漫游几天，收获了舒心快乐后，我们就乘机打道回府了。

"文艺复兴"意大利 "永恒之城"叫罗马

▶ 与女儿在罗马角斗场前合影。

在欧洲游玩，不到"文艺复兴"的起源地意大利走走看看，就根本搞不懂为啥欧洲好多国家的建筑格调、艺术氛围、人文风情，都很相似。耍了游了，除了得到个"嘻嘻哈哈""疲惫养眼"外，就是"收获满满""知其然，不知其所以然"了。回想近二十来年不同时间到欧洲旅游的经历，其实，我也是属于这种状况。

为啥这样说呢？因为这样那样的原因，我们这代人并没有系统地学习和掌握历史或地理知识。

记得首次到意大利，是2001年7月参加成都市乡镇企业协会组织的"成都首批私营企业家赴欧考察学习团"的时候，与聂晓林、王海、谢乐等朋友一起，同游了德、法、荷、比、卢、奥、意、梵等八个欧洲国家。当年是首次游欧洲，名义上是协会组团，事实上还是跟旅行社挂钩。所以，走哪到哪都是按旅行社的计划跑，导游咋说就咋走，看得懂看不懂，就看各人自己的情况了。

▶ 这是2001年7月，参加由成都市乡镇企业协会组织的"成都首批私营企业家赴欧考察学习团"全体成员，在意大利境内的合影留念。

那次是先从法国开始，把安排的其他国家的景点都游览完了，最后一站才到意大利。说的半个月，斩头去尾实际八个国家才游十二天。其结果是，"走走看看很茫然，收获满满累得欢。到此一游出了国，跑马观花在扯淡"。当然，收获如此怪不得别人，只怪当年奔生活忙生意，不懂也没时间学，出发前也没做攻略。别人咋说都有理，一知半解囫囵吞枣。回国后，遇到询问者，也是浑浑噩噩不知如何作答。

▶ 我和聂晓林、谢乐、王海等朋友在欧洲的合影留念。

◇ 「文艺复兴」意大利 「永恒之城」叫罗马

后来有了闲暇，也就有心思寻空恶补史地知识了。于是买来《中国历史·世界历史一本通》，认真阅读。虽说记不住，但勤翻常看，也就略知一二。哪怕是自己哄自己，也不像当年那样茫然无措，啥子都不懂了。特别是女儿定居瑞士后，我又有机会到欧洲游玩时，基本上都会事先做攻略，耍起来心中有底，赏景识义增强了对游览的兴趣，加深了对所游国家的印象。因此，初次游欧洲后的2012年7月，女儿休假陪我和妻子从苏黎世乘火车沿阿尔卑斯山擦边都灵市落地米兰市，开启了十多天深度游意大利的行程，尽管我是重游，但也乐此不疲。那赏景的心呀，真是激情一浪高过一浪……

通过重游，我明白了意大利为什么吸引人。因为它不仅是历史悠久的欧洲文明古国，而且它是欧洲思想解放文化运动——文艺复兴的起源地。

说它是历史悠久的欧洲文明古国，是因为早在公元前753年，它的疆域内就建立了古罗马王国，后来又建立了罗马共和国，到罗马帝国时疆域达到了顶峰。说它是文艺复兴的起源地，是因为文艺复兴这场运动最早最先在意大利境内兴起，文艺复兴不仅是欧洲近代和中古代的分水岭，而且还为现代欧洲各个方面的快速发展夯实了思想基础。

那么，什么是文艺复兴？概括起来说，就是指发生在14至16世纪的一场反映新兴资产阶级要求的欧洲思想解放文化运动。当时的人们认为，文艺在希腊、罗马古典时代曾高度繁荣，但在中世纪这个黑暗时代却衰败湮没，直到14世纪才获得"再生"与"复兴"，所以叫"文艺复兴"。这场运动最先在意大利各城邦兴起，后逐步扩展到欧洲各国，到16世纪达到顶峰，带来一场科学与艺术的革命，揭开了近代欧洲历史的序幕。文艺复兴是近代欧洲三大思想解放运动的前奏。没有文艺复兴，宗教改革和启蒙运动的结果是啥样就很难说。文艺复兴运动促使欧洲人从以神为中心过渡到以人为中心，唤醒了欧洲人的积极进取精神、创造精神以及科学实验精神，从而在精神思路上为现代资本主义制度的确立和保障开辟了道路。

◇ 『文艺复兴』意大利 『永恒之城』叫罗马

▶ 文艺复兴运动努力挖掘古罗马、古希腊文化，充分展现了古罗马文化的魅力。到了罗马古城，我当然要留影纪念了。

▶ 重游意大利时，我来到文艺复兴运动的发源地佛罗伦萨，除了观日落，也同文艺复兴时期代表性雕塑作品——大卫合影纪念。

　　文艺复兴运动所宣扬的具体内容，多以古希腊和古罗马的历史文化底蕴为主。尽管基督教起源于中东，但它作为一种文化形态在欧洲被确立时，特别是罗马帝国在接受基督教文化时，也深受古希腊和古罗马传统文化的影响，尤其在建筑、雕塑和绘画等方面，都是在罗马最先成型，然后才传播、普及到欧洲其他地方，所以，罗马被誉为体现欧洲艺术的"永恒之城"。要寻求欧洲在建筑、雕塑、绘画等艺术的灵魂，必然要到意大利看看。

► 米兰不仅是当年文艺复兴运动的活跃地，而且还是现代欧洲时尚的代名词。这是我和女儿在米兰的纪念照。

正因为意大利是文艺复兴的发源地，所以意大利的人文古迹，自然风光，旅游资源都别有特色，异彩纷呈。我重游意大利时，不管是在米兰看

那哥特式建筑中最具代表性的米兰大教堂，还是在罗马古城看科洛塞奥竞技场，以及漫游其他景点，如庞贝古城、比萨斜塔、水城威尼斯……都能在理解的基础上，收获审美的愉悦。

▶ 在威尼斯水城游玩，除了住宿的"古城堡"有特点外，乘船漂漂荡荡，或到玻璃厂参观手工制作玻璃工艺品，也是很有味道的！

意大利的魅力，不是游玩就能领悟的，况且能使人陶醉的故事那么多。

城边小国梵蒂冈　面积虽小地位高

▶ 站在高处鸟瞰，一眼基本上就将梵蒂冈整个国家看完了。

城边小国梵蒂冈 面积虽小地位高

到了罗马，不到梵蒂冈去看看，那就错失了赏景的良机，事后肯定会有遗憾。为啥呢？因为梵蒂冈是罗马的城中之国，就在罗马城的西北角，面积仅 0.44 平方千米，现在常住人口 756 人。尽管说小得可怜，但人家不仅是由天主教教会领袖——教皇统治的国家，而且还是全世界天主教徒的精神中心。你说，连罗马城都没出，就可以去游另一个国家了，而且还是很有说道的国家。如果错过了，是不是会觉得"天远地远跑过来却没看，既浪费赏景机会，又浪费了路费时间"？所以，我两次到罗马，都安排时间认真去游览了梵蒂冈。

是的，通过实地参观，我加深了对其的了解。从历史角度看，梵蒂冈是教皇国的延续。754 年，法兰克国王丕平从阿尔卑斯山进入意大利，打败伦巴第人后，就将罗马及其周边地区赠送给了教皇。756 年，由教皇在意大利中部建立了教皇国。1870 年，意大利完成统一，意大利当局将教皇管辖的罗马及其周边地区收归意大利所有后，才签协议让教皇迁居梵蒂冈，且仅保留了拉特兰宫和部分教堂。后来，意大利政府又同教皇签协议，承认梵蒂冈是主权国家，教皇是国家首脑。

▶ 我第一次到这里时，先站在圣彼得大教堂前和圣彼得广场角落留下了纪念照。

梵蒂冈没有工农业生产，教徒捐赠是国家的经济收入之一。梵蒂冈就利用信徒捐赠来办事业，在许多国家置业和投资。

▶ 重游时也留有纪念照。

▶ 重游圣彼得大教堂。

旅游也是梵蒂冈的经济收入之一，它的主要看点就是圣彼得广场和圣彼得大教堂。

圣彼得广场可容纳 50 万人，与罗马城相连，两侧被弧形大理石柱廊环抱，广场中央矗立着一座高耸入云的方尖石碑。这个广场也是罗马教廷举行大型宗教活动的地方。

▶ 圣彼得大教堂内，照片当然没有现场震撼。

▶ 圣彼得大教堂内也是游人如织。

  圣彼得大教堂是梵蒂冈的教廷教堂，也是全世界最大的天主教教堂。这个教堂圆顶距地面 138 米，为天主教朝圣地点之一。正像北京城中的建筑，早年规定都不得超过紫禁城内宫殿的高度一样，过去罗马城所有建筑也是不允许超过圣彼得大教堂圆顶高度的。

▶ 圣彼得大教堂的穹顶,高端大气、气势不凡。

梵蒂冈尽管说起来像那么回事,但由于确实太小,整个国家被意大利首都罗马城所包裹,不仅水电气要向罗马城购买,生活必需品也必须靠罗马城供应,所以围绕旅游服务的设施没有条件配置,服务业相当不发达。全国连个理发店都没有,梵蒂冈的国民要理个发,都必须出国。

一个国家三个首都　竟然还是非洲老大

——游南非见闻

最近，各路媒体都争先恐后地报道在南非召开的金砖国家峰会。顿时让我想起曾经在南非游走时，耳闻目睹这个国家的好多特有奇事，其中，一个国家同时存在三个首都就让人觉得很有趣。在我们的常识中，一个国家只有一个首都。但南非却是世界上所有国家中的奇葩，一个国家竟然同时存在三个首都，而且各有其职责。这勾起我以此为题追写本篇游记的兴头。

这话还得从 2013 年 11 月说起。当年，我邀聂晓林、姚光龙、张湧、麦兴国等朋友同游南非。我委托从事旅游业的朋友王立红组团，众人从成都乘机经迪拜的阿布扎比转机，再飞南非约翰内斯堡，全程 21000 多千米。

非洲南面有好多国家，南非并不是泛指非洲南部的国家，而是特指地处非洲大陆最南端的一个叫南非共和国的国家。这个国家东、南、西三面皆为海洋，地处印度洋和大西洋的航运要冲，海岸线约长 3000 千米。我们到达南非共和国的首站是约翰内斯堡，这里是南非第一大城市。

▶ 南非游全体成员的合影留念。

　　约翰内斯堡位于南非东北部瓦尔河上游高地上，海拔1754米，也被称为"伊高比"，意思是"黄金"。由于这里盛产黄金，所以和其他地方一起构成了南非经济活动的中心。约翰内斯堡是世界上最大金矿区和南非最重要的工业中心，附近绵延240千米地带内有60多处金矿，周围还有众多的工矿业城镇，仅这里的工业产值加起来，就要占南非工业总产值的一半左右，因此这里也是南非最富裕的城市。我们在这里重点参观了种族隔离博物馆，耳闻目睹了大量的史料和实物，了解了南非种族隔离时期的黑暗历史。同时，也了解了南非结束种族隔离政策十多年，特别是在曼德拉执政实行和解怀柔政策后，这个以前推行种族隔离制度"黑白分明"的国家是如何发展成"彩虹国度"的，我期盼着这个国家的人民生活越过越好。

▶ 这是游览信号山时，在山下、山中及山上的瞬间纪念。

我们在约翰内斯堡乘南非国内航班，直飞南非共和国的国会所在地开普敦。开普敦是南非的立法首都。因为是立法首都，所以除国会外，也是南非众多立法机构的驻地。

早期南非的当权者将开普敦设为立法首都，就是因为这里的地理位置优越，以及自然景观美得惊人。因此，开普敦也是世界著名的旅游胜地。

早餐后，我们乘车前往开普敦著名的信号山，站在山顶俯瞰，被开普敦这个城市的独特位置和繁华气象所吸引。这个城市背山面海，西郊濒临大西洋，南郊插入印度洋，居于两个海洋交汇地，所以又叫海角城市。开普敦是南非的第二大城市，总人口约400万人，是最具非洲风情的城市。为节约篇幅，其他就不多说了，只强调一点，闻名遐迩的好望角，就在距开普敦城几十千米处。

站在信号山高处欣赏了开普敦城市的美景之后，我们就到南非最古老的康斯坦夏酒庄品酒，欣赏17世纪荷兰庄园及田园风光。稍事休息后，就乘船去位于豪特湾海洋深处的海豹岛，观看众多的海豹和海鸥。接着，游船驶入开普敦东海岸的西蒙镇，来到被称为"漂砾"小海湾的企鹅家园，见识了这里小鸭子似的南非独特品种的小企鹅，也算开了眼界。然后，我们弃船乘车前往非洲大陆最西南端的著名岬角——好望角，登上"开普角山顶"遥望那一望无际的印度洋、大西洋，水天一色中翱翔的各种鸟类，黑压压的成片成片地上下翻飞。这壮观、磅礴的场面，真是叫人醉了。

▶ 游完信号山就到山下的康斯坦夏酒庄品酒休闲。

▶ 这是在南非最南端的好望角游览时的照片。

开普敦的自然景观中，著名的观鲸小镇也是很独特的。每年的年底有成群结队的南方露脊鲸，带着初生的幼鲸在这片海域过冬，使这里成为世界上唯一可以在陆地观赏海中鲸鱼嬉戏的地方。我们在这里的海岸边除观赏鲸鱼外，还观赏了这里的深具古朴民风和南非传统风情的特色小镇。

不过，开普敦除了自然景观独特外，其人文景观和历史也是人类的警示牌。开普敦是欧裔白人在南非建立的第一座城市，300多年来数度易主，历经了荷、英、德、法等欧洲国家的殖民统治，期间遭受过统治者残酷的压榨。我们在这里的马来人社区游走，听导游讲这里居民的祖先是殖民者从爪哇国、印度尼西亚、印度、中国和马来西亚等地贩来的奴隶，所以他们的后代绝大多数都长期从事繁重而危险的职业。

▶ 朋友们在观鲸小镇"立正稍息"整些纪念照。

2013 年 12 月 5 日，我们在南非的行政首都比勒陀利亚参观希腊式建筑风格的总统府、先民开发纪念堂及教堂广场等景观的过程中，同行的一个朋友无意中看了一眼手机，突然从网络上得知南非首位黑人总统曼德拉刚刚离世。这为我们游南非行政首都留下了深刻烙印。是呀，我们都知道曼德拉在任职总统前，是位积极反抗种族隔离的斗士，同时也是非洲国民大会的武装组织民族之矛的领袖，后被南非法院以"密谋推翻政府"等罪名定罪下狱，坐了 27 年牢后才放出来。曼德拉出狱后改变了斗争策略，转而支持民族调解与协商，并在推动多元族群民主的过渡期间挺身而出领导南非，受到各界的欢迎和支持，因此在 1994 年至 1999 年被选为总统，成为南非共和国的首位黑人总统，被尊称为南非国父。我们在南非总统府得知南非国父曼德拉逝世的消息，也不免心生悲伤，为南非人民痛失领袖而感到惋惜。

▶ 这是分别在总统府、先民开发纪念堂、足球城体育场、种族隔离博物馆等处的留念照。

游走南非觉得有好多奇葩新鲜事值得记录。以上文字是在南非三个首都的见闻。为使游记丰满，也为读者提供有用的参考，下面再结合游览其他景观简单概括说点儿南非相关情况。

首先，南非被称为非洲的老大，从历史上看，它除了在非洲五十多个国家中是大国，面积大、人口多以外，早期统治南非的当权殖民者，从来都是比拳头硬，将邻居小国当仆从，稍有不满就动枪动炮，所以在非洲众多小国面前打出了一片"老子独大"的天下。

其次，近几十年来，南非重视经济建设，农业工业都很繁荣，是世界上最大的黄金生产和出口国，在国际上处于中等强国地位，现在不仅是金砖五国之一，还是二十国集团成员国之一。所以，从现状看来，称南非为"非洲老大"也是没有悬念的了。

▶ 这是在游赏海豹岛时的照片。

但是，也有很多令世人担忧的地方。为啥呢？南非共和国有近八成的人受教育程度低，加之南非枪支泛滥，失业率居高不下和贫富悬殊，这就造成了南非各种刑事犯罪成为突出问题，是世界上治安状况最差的国家之一。特别是曼德拉退位后，继任者的威望和能力都有限，导致整个南非经济衰退，失业率更大幅度上升。据资料介绍，近年来南非国内每年发生枪杀、抢劫等刑事案件上万起，约1100万人遭受武装抢劫、谋杀、强奸和绑架侵害，受害人群约占全国人口的四分之一。当年，我们游南非时，尽管南非有20多个著名的城市，但考虑治安因素，在行程安排上都侧重在治安较好的城市赏景。除了以上已讲的三个城市外，还游了赫曼纽斯、太阳城等城镇和种族隔离博物馆、比林斯堡野生动物园等景观。值得多说几句的是太阳城和比林斯堡野生动物园。太阳城是南非最豪华、知名度最高的度假村，是到南非的大多数观光客都要去游览的地方，我们在这里游玩也有恋恋不舍的感觉。另外，比林斯堡野生动物园是南非第四大野生自然保护区，除有动物中的非洲"五霸"外，还有各种野生动物达350种之多。

▶ 在游览太阳城、比林斯堡野生动物园等景区时，也没忘在门口留个影。

尽管距游览南非都好多年了，但南非动人的自然景观和古朴的民风民俗，还是叫人回味无穷，耐人寻味！

以为高端就要高楼大厦　实探村镇幸福指数爆棚
——漫游德国印象

现在一说起德国，都晓得是全球八大工业国之一、欧洲最大的经济体。在没到德国游走之前，我以为既然是发达国家，肯定会像世界很多繁华地方一样，境内将遍布如上海、纽约、巴黎那样的高楼大厦，但实际上却并非如此。在几十年人生经历中有幸多次游走德国，所行之处，除了德国的柏林、汉堡、慕尼黑三个城市有点儿规模外，德国其他地方都是以"休闲农业"为主的"村镇"。

我初次游德国是在 2001 年 7 月期间，同企业界的朋友谢乐、王海、聂晓林等参加成都市乡镇企业协会组织的欧洲八国游，其中就有德国。那次是先游了法国、卢森堡、比利时、荷兰后，才去德国。第一天参观完科隆大教堂后，又去了法兰克福市看歌剧院，游览罗马广场、市政厅、皇宫广场、圣保尔教堂；第二天前往慕尼黑市参观斯图加特奔驰博物馆、游玩奥林匹克公园，再乘车到玛利亚广场溜达，走进了著名的"HB 啤酒宫"，边品黑啤酒边沉浸在历史的长河中……

到德国之前，由于先游览了法国、荷兰等国，加之进入德国就在法兰克福和慕尼黑这样的城市参观，行程没有安排到村镇游玩，对德国的村镇没有印象，更谈不上了解。

▶ 在这著名的"HB 啤酒屋"也留个影。

▶ 首次到德国，不仅游赏景点，还顺路探望了正在德国留学的晚辈聂晗和周莺莺。

十多年后的 2013 年 6 月期间，女儿趁我和妻子在她瑞士苏黎世的家中休闲时，安排我和妻子到德国的汉堡去参团游丹麦、挪威、瑞典、芬兰四国，女儿送我们到德国的慕尼黑坐火车前往汉堡，我们就顺便在慕尼黑市耍了几天。在耍时，女儿又邀请当时正在慕尼黑创业的童年玩伴向晓宇来一起耍。向晓宇是我们在成都的邻居向心杰的儿子，也是我们看着长大的孩子。他在欧洲读书，毕业后便留在德国工作，对德国的情况很熟悉。他陪我们在啤酒广场喝啤酒聊天时，给我们普及了德国地理概况。德国位于欧洲中部，北临北海和波罗的海，海岸线约 2300 千米。全境地势南高北低。南部为巴伐利亚高原和阿尔卑斯山脉；中部为中德山地，由山岭、高原、盆地和河谷平原相间组成；北部为平原，多沙丘、滩地、沼泽和湖泊。重要河流有莱茵河、威悉河、多瑙河等。陆地边界全长 3876 千米，东邻波兰、捷克，南毗奥地利、瑞士，西接荷兰、比利时、卢森堡和法国，北接丹麦。国土面积 35.8 万平方千米，人口约 8470 万。

▶ 在德国创业的向晓宇到慕尼黑陪我们玩，共同度过了美好的一天。

向晓宇还介绍道，尽管德国是高度发达的资本主义国家，是世界著名的高端制造业强国，经济总量位居欧洲第一，但是全国的城市建筑却侧重传统，二战后好多城市重建时，都不搞城市扩张，不建高楼大厦，而是在美化环境上下功夫，在全境推行乡村别墅的村镇型居民区，所以全国有上万个市镇，虽说规模都不大，但公共配套设施齐全，休闲经济兴旺发达，是人居环境非常好的国家。

▶ 慕尼黑是啤酒天地。连着转了几处，都有啤酒掀起的热浪。

听向晓宇这样介绍，顿时勾起我观察德国人居环境的兴趣。于是就叮嘱女儿买火车票时，车次一定要选白天，座位要靠窗，便于我欣赏窗外沿途的村镇好景。从慕尼黑坐火车到汉堡全程 791 千米，耗时 6 个多小时，其间，我都紧靠车窗，让两眼透过窗户欣赏沿途风光，生怕错过了美景。

之后，游完北欧四国返回德国，我们又乘车前往法兰克福市，在距城几千米处的吕德斯海姆小镇休息了几天。这个小镇到处是重重叠叠的红色屋顶和绿树掩映的街区，浸润着花香，遍地阳光。小镇的一切都是精致小巧的，小酒馆、小菜园、小画廊，只有葡萄园和草坪是大片大片的。头两天，我们闲坐在草坪边的长椅上晒太阳，眼见无数野兔在草坪上追逐嬉戏，无数小鸟在草丛中跳跃觅食，也觉有趣。在离开小镇前，又连着两天坐小火车到法兰克福市内游玩，一次，孩她妈刚摆好姿势准备拍照，突然冒出几名当地青年男女闯入镜头。当我按下快门后，这群男女又闪飞了。"嚯！这些人在玩闪影游戏。"还是娃她妈反应快。我举目环顾已不见这群男女的踪影，只从拐角处、巷道里飘出"哈哈哈哈哈"的一串笑声……

▶ 这群玩"闪影"的男女，突然间将孩她妈围着，抢了镜头。

在法兰克福市内随意游走，不觉又到火车站附近的一处热闹街区，环顾四周，右侧是烧烤摊位和美食区，近前有一间小型超市。我信步跨进超市，见货架上有贵州茅台酒，问售价80多欧元一瓶，就付款买了一瓶准备午餐时犒劳下自己。饭点时走进一家中餐馆，见有水煮鱼片，就点了份品尝，"哎哟，完全是正宗成都味！"觉得神奇。向华人服务员一打听，原来厨师就是成都人。厨师忙完，听闻有成都来的客人，主动来给我们打招呼聊天。厨师姓李，交谈中得知是成都彭州九尺镇人，早年在成都城隍庙一家主做鱼的餐馆当主厨。因厨艺好，被旅居德国的亲戚聘请来法兰克福当大厨。既然是老乡，烟酒不分家，我就和这老乡厨师举杯互敬。异国他乡遇故人，大概这位厨师也好久没听家乡话了，和我"龙门阵"没个完。据他介绍，德国人不爱吃鱼，主要是嫌刺多。他到这餐馆后，主打成都味，将剔除鱼刺的海鱼片做成美味，很快就迎合了当地人的口味，所以生意好。聊到最后他补充说："成都的美食在德国还叫得响。我那亲戚老板正计划把'中餐馆'改成'成都鱼餐厅'。"

▶ 往返都经过汉堡，也甩几张照片打捆点缀。

在法兰克福耍了几日后，我们从德国另一个方向坐火车400多千米返回苏黎世的女儿家。这次往返坐火车可以说是横穿了德国的大部分内陆。所到之处，我用心观察，确实就没看到啥子高楼大厦。沿途除了被森林包裹的小镇，就是被大片大片农作物围绕的村庄。

时隔两年后的2015年八、九月间，我又同刘良光、袁凤逸、岳兵、张涌等朋友自行组团，由吴忧小朋友领着游览了德国、波兰、捷克、匈牙利、斯洛伐克等国家。这次重游德国，除法兰克福外，还游了巴伐利亚州的州府威尔茨堡和德国与捷克边境上的"温泉小镇"卡罗维发利。威尔茨堡只有约10万人，是个村镇遍布、环境优美的城市。城堡、教堂、森林、村镇相互依存又争奇斗艳，将德国的村镇建筑的传统特色演绎得格外醒目。而卡罗维发利又更胜一筹，经过几百年的锤炼，到现在的悠悠岁月，不仅陶醉了来自世界各地一批又一批游人，而且还吸引了不少富豪在此置业休闲，甜蜜终身。

▶ 在法兰克福悠悠闲闲待几天，走走看看很惬意。

▶ 在这种氛围中悠着点儿耍，我真有点儿醉了。

◇ 以为高端就要高楼大厦 实探村镇幸福指数爆棚

▶ 遍布森林和休闲草坪的村镇，是德国人居环境的常态。

▶ 这样子的生活环境，让人心生向往！

　　虽说后来因游走欧洲其他国家又附带看了德国一些新的地方，但为了节约篇幅就没必要再罗列了。单从已列举的游览德国的情况和亲历来说，就已改变了我对工业大国应该以高楼大厦为主的固有印象。对于"要发展工业园区"就必须大兴土木建设高楼大厦，让钢筋水泥统治人居环境的状态颇有不满。是的，德国不仅工业先进，而且其人居环境的理念也值得学习。据我多次游走观察，德国以美化人居环境为目的的村镇休闲经济，起码就有几种形态。简单说，一是市民公园，二是市民田园，三是特色农场。当然要罗列，还能举出好多例子。不过概括起来说，不管在德国大城市的近郊区，还是小村镇的居家院落，风光都如童话世界般美好。小院周围是低矮的篱笆缠绕着鲜花盛开的藤蔓，蝴蝶和蜜蜂在飞舞嬉戏。独门独院的小别墅都独具特色，充满了大自然景观和文化底蕴，妙趣横生。走进房前屋后的小院，犹如闯入了童话世界，有小木屋，有小桥流水，有灌木草丛，有鲜花藤蔓，有休闲桌椅……恰到好处地栽种着蔬菜瓜果。搭眼一望，五彩斑斓，丰富多彩，花开遍地，绿草如茵。整体面貌朴实自然，又风雅备至趣味十足。

▶ 醉了啊！这不可言喻的美景。

据我游德国的经历，德国村镇田园文化，不是幻境，是实实在在地存在，是德国人的生活常态。每到周末，人们走出喧嚣的城市，来到村镇田园，或劳作，或健身。既享受自然环境，又陶冶情操，显得格外轻松逍遥，日子过得潇洒，幸福指数可以说是爆棚。

浪漫国度女英雄　雕铸悲剧塑国魂

——法国游随笔

若干年来，特别是改革开放初期，人们都爱说法国是个浪漫的国家，法国人都具有浪漫情怀。要问为啥有这种印象，我认为可能有以下原因：一是缺少对法国，对法兰西民族历史方面的知识，更谈不上了解。二是国门刚打开，泥沙俱下，国内流入以影视、服饰等为主打的所谓国外先进的文化，这其中，法国品牌较能迎合中国人的品味，因而相对占据了主导地位。三是媒体也不分好坏地大肆宣传，好多人盲目相信，不过脑地相信"法国是浪漫的国度，法国人自然就是浪漫的国民"。除了以上原因，还可举出好多例子来。我就属于以上三种情况，该读书时没书读，又没系统学过历史，连中国的历史都一知半解，就更搞不清楚外国历史了。而且，具体到说法国人如何浪漫，就更不知咋回事，别人咋说就咋信了。

就我来说，在写本文之前，已到法国游览过三次，在之后，我才多少理解点儿法国人的浪漫劲儿。那是咋回事呢？如有兴趣，就请读者耐心点儿听我啰唆。

首次到法国，是2001年7月初，我同企业界的朋友谢乐、王海、聂晓林等参加成都市中小企业协会组织的欧洲八国游时，就游览了法国。我们一行人从成都到北京转飞巴黎，开始了在法国的游览。

▶ 这是首次游法国时，我同聂晓林、谢乐等朋友在巴黎各景观前的纪念剪影。

在巴黎先到蒙马特高地一览巴黎全景，收获点儿概念，再转场看卢浮宫博物馆，然后到香榭丽舍大道看市景，站在凯旋门前，立正稍息，调整镜头后，踩着点去参观巴黎圣母院。说起巴黎圣母院，我还在念初中时，就被雨果小说中的描述和电影中的场景迷住了。那时贫穷，做梦也没想到还能亲临现场观摩。真到了现场，心情激动就别提了，恨不得将圣母院里里外外的场景都尽收眼底。从圣母院里面出来，导游就催着所有人上车，忙着赶往埃菲尔铁塔等景点。就在催着上车的瞬间，我突然发现圣母院大门右侧不远处有一尊十步米高的雕像，塑造的是位英姿勃发的女杰骑着奔腾的骏马，举旗昂首，睥睨一切。我顿感不解："这雕塑在表达啥子意思？咋将这么个雕像安放在巴黎圣母院出门就能见到的地方呢？"正想探个究竟，无奈车已启动。是啊！随团游是集体行动，要随性就只有自由行了。坐车上我请教导游："圣母院门前右侧不远的雕像是啥人物？"导游说巴黎的雕像太多，到巴黎圣母院重在看教堂，她不清楚附近有雕像。我又问同行朋友看到这座雕像没有，都说没留意，不晓得有雕像。难道是我眼睛花？

▶ 首次游览巴黎圣母院时，晃眼见到的雕像确实难忘。再次游法国时，说什么也要将这座雕像拍下来。

随着时间推移，我女儿定居苏黎世后，连续几年，女儿都利用休假陪着我和妻子游走欧洲各国，这为我重游法国提供了机会。2010年10月，我再次来到巴黎圣母院大门右侧树荫下，看到了这尊雕像，并让女儿给我翻译碑文简介。女儿仔细看了碑文后，用她自己掌握的知识简要地给我介绍这尊雕像是圣女贞德，并讲了她的故事。

▶ 再次到法国是跟着女儿自由行，时间宽松就悠闲点儿。

原来，圣女贞德是英法百年战争时期，为捍卫法国利益而出现的一位天主教圣徒式的军事家。在那场百年战争中，她以"天国之神"的名义率军对抗英国人的统治，并收复被英国人占领的法国领地，为法国王储加冕成国王创造了条件，是法国历史上著名的女英雄。但是，贞德很快被当年的法国国王查理七世抛弃了，导致贞德闪光的人生以悲剧落幕，年仅19岁就死于英国人精心设计的陷阱，被教廷诋毁成异教巫女判处死刑，被活活烧死在鲁昂旧集市广场的火刑台上。

听女儿讲解后,我又找来相关资料查阅,了解了贞德短暂的人生。是啊,纵观贞德的短暂人生,当时的法国人都晓得贞德为法国人的胜利做出了巨大贡献,但她不仅没得到肯定,反被法国国王出卖。贞德17岁时被王室授命为将军,率军抗英并为王储加冕为王铺平了道路。后被法王查理七世抛弃,又被英国人设计陷害,扣上了异教徒巫女的罪名,最终在众目睽睽下被活活烧死。

纵观人类历史进程,为了维护各自利益集团的既得利益,而颠倒黑白,诬白为黑的事还少吗?

贞德惨案发生后,除了贞德的母亲为贞德喊冤外,没见一个法国人站出来为贞德伸张正义。后来,在法国已摆脱英国人统治的大环境下,经贞德母亲多年反复喊冤申诉,到了1456年,贞德冤案才被平反。

▶ 从瑞士乘机飞到法国南部时,正好碰上自行车环法赛到了尼斯赛程。我们除了赏玩尼斯各处景观外,看赛车也为此行添了游趣。

2013年夏季,我与妻子参团游完北欧四国返回瑞士女儿家休息。几天后,我的游兴又起,遂叫女儿陪同从苏黎世飞往法国尼斯,拉开了我在法国南部游走的序幕。游走中来到法国南部著名城市——戛纳,在看电影海报时,又同"英雄圣女贞德"的艺术形象不期而遇。原来贞德这个出生在法国农村,绰号叫"奥尔良少女"的女孩蒙冤惨死后,特别是她的冤案得到平反后,贞德的圣女形象已成为西方文化的一个重要标志。欧洲文化界著名代表人物如莎士比亚、伏尔泰、威尔第、柴可夫斯基、萧伯纳、布莱希特等,都围绕贞德创作了大量艺术作品,在世界上流传而经久不衰。特别是活跃在法国政界的政治人物，都及时调整对贞德形象的认知，根据政治需要，以浪漫的方式，从不同角度增加对贞德形象的宣传。在现今法国人的认知中，贞德已从异教徒转变成为促进民族意识觉醒的勇士，是法国人心中"国魂"级别的民族英雄。

▶ 普罗旺斯和格拉斯小镇，是法国南部著名的生产香水原料和制作香水成品的基地，销往法国各地乃至世界各地的法国品牌的香水，多数都来自这里。来了，我肯定也要去赏玩。

是啊！是啊！从现代意义上讲法国的统一，法国人确实需要自己的民族英雄。纵观法国的历史，要说真正意义上的统一，也就是英法百年战争以后的事了。在这之前的权力争夺，某种意义上讲都是欧洲皇亲国戚之间的家族争斗、鸡鹅抢食。所以，人们爱说欧洲不管哪个国家，统一的历史最多也就是几百年。从英法百年战争开始，法兰西民族为自己未来能搏命的豪杰人物，从拿破仑往前数，估计除了贞德，就再也找不出第二人了。难怪法国人在这花花世界一派灯红酒绿中闯出浪漫的名头后，刻意宣传自己的民族英雄，让世人刮目相看，让其浪漫羞涩中带点儿光源。

▶ 在世界影城戛纳游走，走到电影节影星红毯处时，就见一帮老外趴在地上比手印。原来这是明星们留下的痕迹。看来追星族哪里都有。我不追星，但品一品所谓的法国大餐，还是有必要的。

凭啥世界第二小国吸引两万富豪定居

——摩纳哥游随笔

▶ 下图为蒙特卡罗大赌场。摩纳哥是一个靠赌博生意暴富的国家。

几个月前，我写了篇《城边小国梵蒂冈 面积虽小地位高》的游记，主题不是专说"小"，而是讲它"小"得不得了，是全球天主教的圣地。那紧跟梵蒂冈之后的世界第二小国又是哪个呢？2013年夏季，我在法国南部的尼斯游走时，听女儿说排位全世界第二最小的国家摩纳哥公国就在附近。我听了，顿时兴奋了起来。赶紧接女儿话说："那就安排时间去感受下嘛！"于是，第二天早餐后，我们就从尼斯居住的酒店出发，前往摩纳哥公国游玩。

尼斯距摩纳哥只有半个小时车程。摩纳哥同法国三面接壤，一面临地中海，国土面积只有2.08平方千米，其中0.5平方千米是靠填海造陆而来。

▶ 女儿陪着我和妻子漫游摩纳哥的相关景点时，也陪我在赌场、海边、博物馆、亲王宫等处留影做纪念。

到达边境后，我们从车上下来，穿过遍植树木的林荫小道，缓缓下坡就进入了摩纳哥的国境。进入摩纳哥如同进入法国任何地方一样，没有查验证件一说。从高处往下看，除了被绿化植物挡住视觉外，摩纳哥整个国家都尽收眼底，可以看个大概。

翻阅好多旅游杂志，都在强调摩纳哥如何风景如画、富豪遍地，是欧洲的奢华乐园，是富人的天堂。更有甚者，直接罗列数字印证：摩纳哥总人口39050人，其中属于道地的摩纳哥人只有9686人，其余的两万多人都是分别来自世界130多个国家的富豪。

◇ 凭啥世界第二小国吸引两万富豪定居

刚看到这些介绍，我惊讶无比。真的踏上这片陌生的国土时，难免会睁大猎奇的双眼，试图通过亲临其境，探究那些说法的真伪。是啊，乍一看，单从摩纳哥整个小国外貌来看，确实也是个了不得的国家。

首先，从交通来说，全国边境线总长 5.47 千米（包括 4.86 千米的海岸线），都按照规划留足绿化，并在符合观赏要求的基础上，修建了宽窄适度的柏油或水泥硬化道路。这些路随地势逶迤盘旋，时而上坡时而下坎，似多姿的彩带，将人流和车辆引导到一片片、一幢幢的建筑前，不失为一道好的风景。

其次，在这狭窄的空间里，在突出位置，恰到好处地规划建设了特色场所，例如博彩赌场、高档宾馆、跑车赛道等，为公国财富积累奠定了基础。

至于居民住宅，也是分高、中、低等级的。高端大气上档次的，例如富人别墅，撑面子也是摆在宽敞显眼处。次之相当于中产级别的，就联排修建，讲气势。再次之的，尽量放偏僻处，能避则避，或以绿树遮挡。总之，远远望观，美不胜收！

▶ 行走在摩纳哥的街头，这类建筑和景观混为一体，考虑到观赏效果占地自然就宽敞。试想，如几万名富豪都住这样的建筑，该需要多少面积？可摩纳哥总面积才 2 平方千米，除去各种公共设施用地，供住宅用地有多少？我是没看到有那么多建筑物。

081

但是，仅凭这些就能吸引全世界130多个国家共两万多富豪前来定居吗？据我观察分析，似乎有水分。为啥呢？单从景观好、位置优就能吸引富豪定居说不通，因为世界上比摩纳哥风景和位置好的地方多得多。富豪又不傻，宽畅处不去，专挑连回旋余地都没有的摩纳哥？唯一讲得通的就是这里不收个人所得税，能避少量的税，外加有赌场可过赌瘾。但是，分析起来也不完全对，按一些旅游杂志描述，好似到摩纳哥定居的都是住豪宅、开豪车、耍游轮的角色，是骄奢淫逸还动不动就抛撒千金的富豪。稍微想一想，靠避税而不谋发展来此定居"坐吃山空"可能吗？答案当然是否定的。常识告诉我们，不管哪个国家的富豪，有几个是不谋事业赚大钱，贪图减免所得税的？

看来，旅游杂志描述的"摩纳哥土著富豪9000多人外，还要容纳来自世界130多个国家的两万多富豪"实属笑话。既然富豪们都是富得流油只剩钱了，能甘心居住在多数建筑都狭小的地方吗？能甘心住那种没有花园场地的公寓楼里吗？理由还可举好多，但没必要横挑鼻子竖挑眼，客观看待，实事求是描绘为最好。不要为了拉客上座赚点儿钱，就天花乱坠帮助别人乱吹，把没有到过现场的人都搞昏了，"原来人家的国家那么好，住在自己的国家真是白活了……"没有怨气都有怨气了。

综上所述，仅是我按常理分析产生的看法，也不完全准确。但是起码我认为以下状况应该接近真相：

摩纳哥比较富有，这是事实。是不是富得流油只剩钱了，这种说法跟现状有差距。

按相关资料说有来自世界130多个国家的两万多人移民摩纳哥，有统计数据做支撑估计是不假，但要说这些移民都是富豪就夸张了。分析起来，如果是正值壮年的富豪，多半是在本国混江湖有难言之隐，冲着避灾躲祸不得不走移民这条路的。

▶ 既然到这游了，遇到心动景观留影纪念是常态。那时不会写游记，就没想到专为游记配图拍照片。现在到了养老休闲写游记的年纪了，只好将游时的场景纪念照拉来"壮胆"。

▶ 这组当时的现场图景打包放，也是为了使本文丰满点儿。

尽管说是 10 年前的游历，但就摩纳哥狭小空间的事实看，再过 10 年，要来个改头换面的巨变，估计也不可能。它不可能将已形成的样子推翻重来。至于本文说得对不对，有心者如到实地考察判断后，应该会得出自己的结论。

靠海盗立国大国变小国　靠和平崛起穷国成富国
——游丹麦王国印象

我们从汉堡坐旅游大巴离开德国前往丹麦,开始了对"童话世界"丹麦的游览。

翻开世界历史,近代欧洲资本主义国家有不少是靠海盗劫掠起家的。抢劫的对象就是来往于欧亚的商船。欧洲先后从事海上抢劫的国家不在少数。历史上的丹麦就是曾经海盗猖獗,以抢劫立国的国家之一。

丹麦可以说是欧洲海盗的老窝。生活在丹麦的维京人非常擅长航海,这些人以做生意为幌子,专干抢劫的事情。历史上,丹麦王国曾将海盗作为立国之本,每年夏天利于海上作业时,全国上下就纠众出海进行抢劫。793年,丹麦海盗袭击了英格兰的林迪斯法恩岛,自此以后,

▶ 到丹麦旅游,被历史记载的罪孽和现实景物的冲撞纠缠着,我还是喜欢往前看。

丹麦海盗对英格兰的抢劫规模越来越大，甚至还占领了伦敦，迫使英格兰国王阿尔弗雷德大帝将英格兰土地分一半给海盗，丹麦就乘势移民到所占地盘建立了"丹麦区"。这仅是概括举个例子，要细说，在本篇文章是办不到的。

▶ 艺术品店里摆售的海盗形象雕塑。

到了1397年，以丹麦女王玛格丽特一世为盟主的卡尔马联盟，将丹

麦的版图扩张到包括现在的丹麦、挪威、瑞典、冰岛、格陵兰岛、法罗群岛，以及芬兰的一部分，卡尔马联盟前后维持了126年。在此期间，丹麦继续扩张抢劫，引起暴动，特别是瑞典。到了1523年，瑞典率先宣布独立。丹麦同独立后的瑞典较量，但历次战争都以失败告终，致使疆土日益缩减。直到1657年，瑞典竟然占领了丹麦全境。

已现败象的海盗国丹麦，自感大势已去，为了不被彻底消灭，于是开始收敛海盗本性。此后的丹麦统治者，对待外部战争只能不断宣布保持中立，不敢参与了。但是，欠的债总是要还的。到了1801年，为报曾经的仇恨，同是抢劫成性的英国，不顾丹麦的中立态度，对其不宣而战，发动了哥本哈根之战，丹麦海军全军覆没。随着时间推移，挪威、芬兰、冰岛等分别脱离了丹麦。就这样，曾经以抢劫为立国之本的海盗大国，终究是没成气候，把在卡尔玛联盟时期丹麦拥有超百万平方千米的疆域，缩减成了现在总面积只有43000多平方千米的、货真价实的小国。

丹麦王国统治者迫不得已只好识时务，收敛了抢劫本性。在后来的岁月中，不再去主动组织抢劫式的战争。这样做歪打正着，事实上为自己国家的发展争取了和平环境。经过一段时间的休养生息，丹麦逐渐地开始强壮起来了。特别是发展到现在，不仅已彻底改变了贫穷挨打的状况，而且还成为世界上发达的工业国，人均国内生产总值居世界前列，在2019年全球竞争力报告中居第十位，是北约创始国和欧盟成员国。同时，目前丹麦还是世界上国民福利待遇最好的国家之一，全国人均预期寿命已达到了81.5岁。是世界上典型的长寿国度了。

旅行社安排起个早，从德国的汉堡乘大巴到丹麦，上午10点就到了目的地哥本哈根市。

哥本哈根是丹麦的首都，距汉堡只有365千米，坐落于丹麦西兰岛东部，与瑞典的马尔默市隔厄勒海峡相望，曾被联合国人居署选为"全球最宜居城市"，并给予"最佳设计城市"的评价，是全世界最幸福的城市之一。丹麦重要的食品、造船、机械、电子等工业大多集中在这里，许多国际重要会议都在此召开。

▶ 在哥本哈根市的海岸边观景，纪念照片还是要有的。

哥本哈根市容美观整洁，新兴高楼和中世纪建筑相辉映，既是现代化都市，又不失古色古香的特点，是世界上著名的历史文化名城。

在哥本哈根游走时，导游就先安排我们到朗厄利尼港口处的海岸沿线玩耍看风景，首先映入眼帘的就是立于港口入口处的一块巨大鹅卵石上的美人鱼铜像。这尊铜像是丹麦雕塑家爱德华于1912年，根据安徒生童话《海的女儿》中的女主角"小美人鱼"的形象浇铸的，已成为丹麦的象征。

▶ 国家虽小，气势还是要有的。走走看看时来到王宫广场，门岗森森。

在丹麦游走，容易被《卖火柴的小女孩》《丑小鸭》《小美人鱼》等安徒生童话故事氛围所感动。客观地说，丹麦历史上曾经确实是海盗国，这是无法否认的事实。靠海盗立国天理难容，才导致了群起而攻之，被打得跪地求饶，割地赔款，大国才沦为了小国，这也是被证明了的事实。当然，丹麦的后代靠和平崛起，又有了今天的幸福生活也是事实，更应该值得肯定，同样也值得我们学习。据此，不管现在的丹麦执行什么样的政治标准，跟我这样的旅游观光者确实隔得远，也无关。所以，我在丹麦游走，也发自内心地祝愿丹麦王国的人民，永远健康快乐幸福！让童话世界的和平意境，永远地向人类社会传播着美好！

游走北欧，丹麦仅是第一站，按旅行社的安排，黄昏时分，我们就乘游轮离开哥本哈根港口，前往芬兰了。

千湖万岛森林国　总统疏宗认亲戚

——游芬兰有感

▶ 西贝柳斯头像雕塑。

从港口登上游轮驶离丹麦的哥本哈根市已是黄昏了。随着一声汽笛长鸣，我们乘坐游轮沿着波罗的海，朝着几百千米外的芬兰首都赫尔辛基出发了。

说起芬兰，陡然让我想起2010年上海举办世博会，时任芬兰总统的哈洛宁说过这样的话："中国和芬兰，目前在地理上相距很远，但是在历史和文化上，我们是亲戚。"这一说法当年曾引起舆论的热评，不知道这是芬兰总统的特色外交言辞还是出于套近乎讲的客套话。反正说芬兰人跟中国人有血缘，是亲戚，我认为是八竿子打不着的事。乍一听，我确实感到好新奇。

▶ 离开哥本哈根的港口已近黄昏。

但是大千世界，无奇不有。越是离奇的事情，探究起来就越有趣。我关注相关科普报道时发现："有专家提取芬兰人的DNA样本，发现芬兰人的基因与欧洲人并不相同，其中北欧本土的基因只占57%，剩余的43%都是来自东北亚。"由此可见，通过基因检测，芬兰人与我们中国人确实十分相近，证明当年芬兰总统的说法也是有根有据的。也许，早在远古时期，就有东亚人到了芬兰，并定居呢！

当然猜测终究是猜测，但这猜测确实叫我游兴陡增："管他是不是亲戚，游走就当耍亲戚嘛！"顿时叫我浑身是劲，趁着黄昏夕阳，踱步游轮甲板，环顾此时此刻的波罗的海海峡，只见：崖深坡陡，岩柏森森；峡湾逶迤，层层叠叠；海湾岛屿，别墅闲居；渔船网笼，篷帆悬杆……时不时见有小船舟艇，穿梭在岛屿之间。不知是丹麦人还是芬兰人，男的女的，老的少的，随着不断交替出现的峡湾岛屿、时隐时现的岛上房屋，有拾掇花园的，有喝酒聊天的，有情侣相拥的……好一派难得一见的峡湾风情，真是集万种浪漫于一景。

▶ 峡湾好景，放几张照片意思下。

游轮在这夕阳西下的峡湾前行，不知不觉前行了上百千米，朝着开阔的海面奔去。夕阳也下沉海面不见了，暗色开始笼罩一切。我也恋恋不舍地离开甲板，回到船舱客房洗漱休息。翻阅随身携带介绍芬兰情况的书籍，在踏上芬兰的赫尔辛基之前，又恶补了这个国家的相关常识：芬兰位于欧洲北部，北邻挪威，南接芬兰湾，与俄罗斯、挪威和瑞典接壤。芬兰的主要地形是丘陵和森林，同时拥有大量的湖泊和河流，有岛屿约17.9万个，有湖泊约18.8万个，国土面积33.8万多平方千米，森林就占了总面积的80%。

值得强调的是，芬兰人酷爱桑拿。全国总人口561.4万，而桑拿房就有近300万间。分布在住宅、公寓楼、公司、政府办公楼、游泳池、夏季别墅、游艇上和各种娱乐场所。

这个国家四季分明,冬长夏短,景色异常美丽。芬兰作为一个小国家,以其高度发达的社会保障、教育和医疗体系、创新技术和卓越的生活品质闻名于世。

▶ 芬兰人的住区民舍,也是够味儿的。

醒来时已是第二天早晨 7 点,游轮夜航到天亮,已稳稳地停泊在赫尔辛基的码头。早餐后在导游带领下,旅游团全体成员在赫尔辛基市各处景区游玩,整整逗留了一天。

赫尔辛基是芬兰的首都和最大城市,是个现代化且充满魅力的地方。我们首先去参观了著名的赫尔辛基大教堂。教堂所在的高地高出海平面 80 多米,可以俯瞰整个城市。我们登上这座白色教堂的拱顶还是早晨,在这里欣赏北欧日出有非常美妙的感觉。稍后前往赫尔辛基大学,这座大学是芬兰人的文化地标,大学建筑融合在众多历史悠久的建筑里,同博物馆、图书馆等一起,促成了这座城市独特的文化魅力和学术氛围。

► 赫尔辛基这个城市，不管从哪个角落看，都很漂亮哟！

从赫尔辛基大学出来，我们又来到了西贝柳斯公园游走。这个公园是为了纪念芬兰的大音乐家西贝柳斯而建。公园里鲜花怒放、碧草如茵，是市民休憩的好地方。园内的西贝柳斯纪念碑是以铁管构成的超现实意象的雕像，表达出浓厚的超现代的艺术气息。另外，西贝柳斯大师的头像雕塑也是意义深远。这两座雕塑都是芬兰著名的雕塑家艾拉·希尔图宁的作品。雕塑的小型复制品还被作为国家礼物送到联合国大厦永久性展示。

从公园回到港口附近已是下午，周边的旅游景点，如岩石教堂、议会大厦、中央火车站、玩具博物馆等也随意游览了一圈。乘游乐快艇驰骋大海几千米返回原址后，见偌人的露天自由市场正热闹，于是我也赶紧到这露天市场去露脸了。不过这市场所售货物绝大多数为极寒地带的御寒用品，除此之外就是家庭厨具了。我精挑细选了几件由驯鹿角做柄的刀叉做纪念。

▶ 摆个姿势意思下，表示也到此一游了。

按旅行社安排，只在赫尔辛基点了个卯，就算游芬兰了，整得人心里欠欠的，也没办法，只怪自己不懂外语，无法交流，没女儿在，只能任由旅行社摆布。以后抓住机会了，能重游就更好了。尽管游得肤浅，不过据我观察，赫尔辛基这座城市本身还是很有美感的，它低矮的古典建筑是沙皇统治时代的产物，看起来很有圣彼得堡的韵味。同时，这个城市虽在海边，但又是被森林包裹着，从城市的任何地方都可以在较短时间内到达森林的深处，给我的印象是一个宜居的、进步的、叫人愉快的地方！

▶ 这件用钢管做的雕塑的复制品，作为国礼放在联合国大厦长期展示。

◇ 千湖万岛森林国　总统疏宗认亲戚

说起瑞典真奇葩 竟是法国人在当家

——也说瑞典游

▶ 同卫兵比,我矮了点儿。

因到瑞典旅游，我重温了瑞典历史，叫我大开眼界。瑞典全称瑞典王国，当然有国王。按常识理解，自古以来，国家往往都是由一个主体民族当家构建的。瑞典王国自然是以瑞典族群为主，要选国王，肯定是选自己族群有资格的人嘛！可是近代以来直至现在，统治瑞典的贝尔多特王朝的国王竟然不是瑞典人，而是法国人。而且，200年前选的这个法国人，被选之前又没在瑞典生活工作过，就被拉来当王储，水到渠成当上国王，在位多年。死后，他的后代继续统治瑞典到现在，已经传承了七代。这个王朝统治的瑞典，现在还是发达的资本主义国家。这是咋回事呢？

既要弄清楚这个问题，又要节约篇幅，那就只能先高度概括下贝尔纳多特王朝的开国国王卡尔十四世的事情了。

卡尔十四世本名让-巴蒂斯特·贝尔纳多特，出生于法国，年轻时参加法国军队，屡立战功。1804年，拿破仑一世登基称皇帝，他被皇帝加封为法国元帅。1810年，被没有子女的瑞典国王卡尔十三世选为养子立为王储，转而背叛拿破仑一世，加入反法同盟，成为法国的叛徒，取得了瑞典信任。1818年，卡尔十三世死后，他继承王位当上了国王，成为卡尔十四世后，他将卡尔王朝改称为贝尔纳多特王朝，实行君主立宪制。到现在已往下传了200多年共七代。

历史事实可以高度概括，但卡尔十四世这个国王并不能只简单概括为法国人就行了。可要追根溯源说清楚，整长篇传记恐怕才得行。像我这样的普通游客到瑞典是旅游，又不搞研究，所以找点儿趣味就行了。

现在的瑞典，是北欧五国之一，首都是斯德哥尔摩。瑞典西邻挪威，东北接壤芬兰，西南和东边都是海峡，与丹麦、德国、波兰、俄罗斯、立陶宛、拉脱维亚和爱沙尼亚隔海相望，海岸线长2181千米，总面积45万平方千米，总人口1055万，是北欧最大的国家。瑞典是一个高度发达的国家，普通老百姓的福利待遇也不错。照此下去，贝尔纳多特王朝对瑞典的统治还将继续。

对到瑞典旅游我是上心的，原因是女儿在澳门大学上学时，作为交流生曾到瑞典的斯德哥尔摩大学读过两年书,女儿常说起瑞典,勾起我游走的兴趣。还在成都时我就恶补瑞典的史地知识。当游轮离开芬兰的赫尔辛基前往瑞典的斯德哥尔摩时,我就想,女儿在这里时没机会来,女儿离开好多年了,才寻到机会到此一游,一定要好好看看。于是,早餐后就开始了对这个城市的游赏。

斯德哥尔摩直译过来就是"木头岛",建于 13 世纪。1436 年起就已成为瑞典的首都,是全国政治、文化、经济和交通的中心。由于瑞典 200 多年来都保持中立,斯德哥尔摩免受战争破坏而保存良好,有 100 多处博物馆和名胜,包括历史、民族、自然、美术等各个方面。同时这里还是高科技城市,拥有众多大学。这里还是阿尔弗雷德·诺贝尔的故乡,从 1901 年起,每年在诺贝尔逝世纪念日,都要在这座城市举行隆重仪式,由瑞典国王亲自给获诺贝尔奖者授奖,还设晚宴庆祝。

▶ 在老城区游走,国会大厦、皇宫等景点还是要合影留个纪念。

斯德哥尔摩既有典雅、古色古香的风貌，又有现代化城市的繁荣。在老城区有金碧辉煌的宫殿、气势不凡的教堂和高耸入云的尖塔，而狭窄的街道和巷子又有中世纪的特色。而在新城区又是高楼林立，整齐宽阔的街道同波光粼粼的海面交相辉映，又是一番美景。

▶ 斯德哥尔摩就是靠大桥将若干个岛屿联通，才有了这个城市的繁荣！

这座城市位于瑞典的东海岸，坐落在波罗的海的岸边，又处在梅拉伦湖的入海口，市区分布在 14 座岛屿和一个半岛上，用 70 多座桥梁将岛屿串联成一体。放眼望去，水映建筑，海上往来的轮船，街道上行驶的汽车，空中飞行的飞机，头顶时不时地有海鸟成群结队地上下翻飞，都给这座城市平添了无法言说的乐趣！

▶ 溜溜达达来到王宫广场，这里也是喝咖啡休闲的好地方。

在斯德哥尔摩游走，不觉来到一座方形城堡的广场前，原来这里是瑞典王宫。乍一看去，王宫大门前，张牙舞爪的两只石狮子分立门旁，前面有数名头戴尺多高红缨军帽、着中世纪军服的卫兵执枪把守，显得威风凛凛。我们到时正举行隆重的卫兵换岗仪式，那个阵势，就像英国王宫门前的操练，依中国人审美趣味看来，总觉得有点儿滑稽可笑。

除了老城区、市政厅、王宫，我们还去了诺贝尔博物馆、大教堂、赛格尔广场等景点游览，直到晚餐时才返回酒店休息。

▶ 这种格局的石头建筑是斯德哥尔摩城市的标配。

尽管说瑞典游都是按旅行社安排的路线走，自由度不大，但初次游走，我的兴趣还是浓浓的。

昔日海盗当今富豪　日子节俭乐于共享

——有感于挪威游

▶ 挪威著名雕塑大师维格兰的作品之一

到挪威游走，除了到景区游览外，还要到城市的大街小巷和乡村的风情小镇等处溜达溜达，赏赏看看。沿途除了景观，对这里人们的生活状态也耳闻目睹，有了点儿粗浅的印象。

挪威是北欧五国之一，位于北欧斯堪的纳维亚半岛的西部，东邻瑞典，东北与芬兰和俄罗斯接壤，南同丹麦隔海相望，西濒挪威海。国土面积38.5万平方千米，总人口555万，首都奥斯陆。挪威的早年历史，也是同丹麦、瑞典等国家一样，是"以抢为主"的海盗国家。在 1905 年独立之前的很长时间里，分别受丹麦和瑞典的统治。可以说在 20 世纪 70 年代以前，挪威都是一个向海讨生活的国家，加之这地方冬季长夏季短，极度寒冷、自然环境恶劣，导致贫穷落后，生存艰辛。自从 20 世纪 70 年代发现储量丰富的石油，并进行开采后，一跃而起成为世界第三大天然气出口国、第八大原油出口国，可以说是一夜暴富。

石油让挪威从贫困户一跃成为世界巨富，也让它连续多次被联合国评为最适合人类居住的国家。

有钱了，国民的福利待遇逐步好起来了，一般家庭也富裕起来了。但是富裕了，日子究竟该咋过？按一般人的理解，穷久了，突然间有钱了，大鱼大肉，大操大办地嗨起来，不用一个较长时间享乐来弥补下贫困时期的空荡和亏欠，是无法收场的。但是，挪威这个国家就有点儿与众不同，开始富了后的挪威国王每年都在新年贺词中忠告全体挪威人，"不要过度消费，以免破坏环境"。所以上梁正，下梁没有歪。挪威人从上到下在拥抱着财富行走的同时，都有乐于偏安欧洲一隅的良好心态，过着恬淡而宁静、传统而朴实、节俭而优雅的生活。

为啥这样说？因为我在挪威游走观察，觉得有这么几点体会值得回味。

▶ 这是维格兰雕塑公园几百件作品中的一件，充满青春活力。

◇ 昔日海盗当今富豪　日子节俭乐于共享

从日常生活的习惯上看，挪威人具有节俭的传统和"海盗共享的文化"，可以理解为这是一种基因的传承。

挪威是怎样的一个地方，大半国家都在北极圈内。三分之二面积都被冰川、山地、高原覆盖。耕地少，当然粮食就少，无法糊口。加上地理位置和恶劣气候，地面长不出东西，所以老祖宗传下来的唯一生存本领就是在海上讨生活，除了捕鱼就是当海盗。但是，海上抢劫也并不是件容易的事，遇强手反抗同样丢性命。因此抢劫往往都是群体所为，而利益均沾。偶有收获也就"上山打兔、见者有份"，抢多抢少都是平均分配。摊到个体身上，所得也是无几。靠此活命，肯定要精打细算，节俭度日，倍加珍惜了。这样的日子过久了，共享和节俭就融入了血液，刻进了基因，成了习惯。哪怕这样的海盗时代已过去了几百上千年，已进入文明时代，这种基因的表现，也会在挪威人的日常生活状态中屡见不鲜。为了掩饰过往，最多给它一个好听的说法，叫共享文化得到了传承。

这种文化基因传承创新到今天的挪威社会，却意外地收获了好的效果，改变了世界对挪威人的看法，缕缕文明之风演绎出挪威社会的风清气正。

我行走在挪威首都奥斯陆的大街小巷，从衣、食、住、行来观察，这种节俭的共享文化随处可见：

尽管说挪威人生活富裕，但走到哪里都见用电瓶车和自行车代步的人。

▶ 挪威是个缺少阳光的地方，能舒心地晒晒太阳是最好的享受。

尽管挪威是世界上最富有的国家之一，市面上却不乏二手店和旧货市场。

走在挪威的城市，很少见摩天大楼，随处可见的是绿草如茵的公园和古老简朴的小屋。

挪威人有钱，却难见炫富的人，走在奥斯陆大街上，很难看到浑身上下都穿名牌的挪威人。

▶ 在挪威首都奥斯陆，像这样卖二手货的市场有好几处。

从坦然面对高税收、高物价现状的态度看，挪威人乐意继续发挥共享文化精神，练就了居安思危、抗风险的能力。

挪威从2001年起位居联合国最适宜居住的国家榜首至今。从2008年起，又被评为世界上人均收入第二高的国家，普通人的收入，就是在其他发达国家看来，也是无法企及的。但是高福利、高收入的另一面是高税收、高物价。

挪威的个人所得税率为22%至38.5%，购物的消费税为食品类14%，非食品类25%，汽车的汽油燃料税是80%。对于高物价，举个例子，我买了一小瓶矿泉水，折合人民币8元。

是什么原因促使挪威人愿意接受高税率高物价呢？原因很简单，因为取之于民，用之于民，这是高度体现共享文化的传承基因。根据有关资料，挪威的税收 40% 用于社会福利，17% 用于劳工福利，25% 用于教育强国，而且高度透明，互联网将个人的收入信息公开化，薪资多少，缴了多少税，国家咋样用的，一目了然。

在世界的好多地方，评价一个人成功不成功，往往是以拥有多少金钱来衡量。而挪威人是以给国家缴了多少税，为社会贡献多少作为衡量标准，所以，带来了风清气正的价值观。

▶ 游览挪威，在著名的奥斯陆维格兰雕塑公园也留下点儿痕迹。

从对待大自然的态度看，挪威将持续发展理念融入政府工作的常态，提高了全民爱护环境和共享未来的积极性。

挪威人的共享和节约理念，很早就使挪威的当政者明白要取之于自然，更要爱护好自然的道理。作为以石油和工业兴国的挪威，他们是第一个喊出 2030 年之前要减碳 40% 的国家。

早在 1987 年，挪威历史上第一位女首相布伦特兰夫人在联合国发表题为《我们共同的未来》的工作报告，最先提出"可持续发展"概念时说：穷人需要发展，环境需要保护，所以必须找到一个方法，将保护地球和人类经济发展相结合。

从以上言论可见，挪威人将中国人常说的"居安思危、思则有备、有备无患"的文化理念已发挥得淋漓尽致了。是的，我在挪威游走，近距离感受到挪威人富有，但他们并没有松懈，而是将爱护环境回馈自然作为自己的责任在努力。由此可见，挪威不仅仅是经济富有，更是文明自律，很值得世人学习。

▶ 在挪威多处小镇游走休闲，也选择几张照片打捆点缀下。

当然，在挪威游览，峡湾和极光是特色。但不是本文的主题，况且这方面的描述也多，我就不啰唆了。

▶ 打捆几张照片点缀一下还是可以的。

昔日强抢女人　如今女人当家

——浅探趣说冰岛游

我们在德国汉堡参团游完北欧丹麦、芬兰、瑞典和挪威，再经德国返回女儿瑞士的家休息。几日后，女儿又安排我们从苏黎世乘机直飞冰岛的首都雷克雅未克，在冰岛游玩了一个多星期。

要说冰岛，也是奇葩。冰岛位于北大西洋中部，四面被海洋包围，尽管有10.3万平方千米面积，由于天寒地冻，被人类发现晚，早期的冰岛，实际上就是个海盗避险逃难的地方。据历史学家考证，人类最早定居冰岛是公元874年，第一位定居者是来自挪威的流亡贵族、维京人英格尔夫·阿尔纳尔松。维京人并非人种，而是代指自丹麦、瑞典、挪威以及俄罗斯等地区的海洋抢劫者。当时这些国家和地区都是有组织地对外打劫。他们的劣迹遍布西欧沿海、地中海、东欧、北美以及格陵兰周边。当时在冰岛的海盗，经常侵扰和打劫的重点地段是英格兰和苏格兰的沿海地区盖尔人的村落，除了抢劫物资和奴隶外，还特别青睐盖尔人中的年轻女性，在实施抢劫时带回冰岛。

早期冰岛的定居者，多半都是遇险逃命的海盗，自然以男性为主集体求生存。久而久之，聚少成多，人越来越多，人的本性就要彰显了。随着时间推移，男人需要女人操持家务。人是有感情的高级动物，斗转星移，日久生情，女人用情用功，繁衍昌盛，女性地位也得到了巩固，出现了翻天覆地的变化，冰岛现任总统便是如此，而她已是冰岛第二位女总统。这在世界上都比较少见。

▶ 这组照片是我们在冰岛首都雷克雅未克的纪念点缀。因本篇文章主题不是叙景。为弥补不足，以下照片都是我们分别在不同景点的纪念照，跟游记合拍，但跟文章内容不合拍。特此说明。

▶ 游冰岛，到著名的蓝湖泡温泉，是多数游客的选择。

冰岛女人有今天这种地位，当然也是通过不断抗争得来的。1975年初，女性中的先知先觉者就开始组织起来说事儿了，她们认为女性政治参与度偏低，国家不重视女性权益，号召女人团结起来奋斗，争取自身权利。在当年的10月24日，冰岛女性举行名为"女性休息日"的第一次大罢工，有2.5万女性走上街头示威游行，用行动拥护争取平等权利。顿时冰岛全国上下陷入停摆，学校停课，商店关门，航班取消……无措的男人们在恐慌中反思。

▶ 分别游了冰岛国家公园和塞里雅兰瀑布，也将纪念照片打捆意思下哈。

▶ 瓦特纳冰川是冰岛最大的冰川,也是欧洲体积最大的冰川。游了,也打捆点缀。

一年后,冰岛议会通过了男女平等的法案。1980年,冰岛由民众选举产生了第一位女性总统——维格迪丝·芬博阿多蒂尔。

▶ 顺着一号公路游走,沿途的地貌和景观,真可以说是一步一景、多姿多彩、地貌奇特。

女人当家了,今天的冰岛社会也就随之出现了一系列的变化:

首先,从政治和经济地位看,冰岛是世界上第一个为"男女同工同酬"立法的国家;国会议员中女性已占到41%;同时规定企业董事会女性必须占40%以上;全国女性就业率达77.8%,位居全世界第一。

其次,除了政治和经济地位,其他自主权也要有。女性独立意识觉醒了,要不要婚姻,当事人女性说了算。加之冰岛人自古以来就有非婚生育和同居的传统，血液里流淌着天生的洒脱。据冰岛政府统计，全国 70% 的新生儿都诞生在没有法定婚姻的家庭。

单亲妈妈养育孩子，是不是孩子的爸爸就没责任了呢？答案是否定的。尽管冰岛普遍认为婚戒是邪恶的，女人男人不需要结婚才能生孩子。但对于新生命，全社会有约定俗成的规矩：必须亲近自己的孩子，这是整个族群的荣誉。不仅父母双方要担责，整个社会对养育孩子都有一套严密的管理制度和福利保障体系。孩子给单身妈妈带来了无限的快乐，给爸爸却造成淡淡的失落。为安慰男人脆弱的小心脏，冰岛议会通过法案设立"丈夫节"，规定节日这天单身妈妈带孩子见爸爸或让爸爸探视妈妈和孩子……

▶ 沿途风景，特色各异，只有打捆多放几张，烦君眼睛累点儿。

到冰岛旅游,除了了解其风土人情,我的重点当然在游山玩水,品味美食,舒展身心。女儿懂外语,便于我们同当地人交流,在女儿带领下,我们对冰岛最著名的蓝湖温泉、黄金圈、杰古沙龙冰河湖、斯科加瀑布、火山口湖泊、兰德曼纳劳卡、蓝冰洞、胡萨维克、辛格维利尔国家公园、维克小镇黑沙滩等十多个景点,都逐一到访赏玩。为了节约篇幅,除了景观纪念照打捆点缀外,也写下趣味场景小叙,为本文再添点儿彩。

▶ 蓝冰洞那晶莹剔透的蓝色,绝对妖娆得勾人。不管你如何老成古板,也能泛起点儿心思。

场景一:乘快艇穿越冰谷,惊险刺激魂飞掉。早餐后,我们沿一号公路乘车几个小时,来到瓦特纳冰川公园附近的冰河湖,放眼望去,整个冰湖大概有几平方千米,湖岸高耸如山的冰岩错落有致地延展到湖面,把湖面有意无意地间隔成若干个区域。不同区域的湖面都漂浮着一堆一堆如山岩似的冰塔,周边围绕着一片一片人小各异似碎非碎的冰团结晶,看着像无规则实为很有序地将湖面划出一道一道几米、十几米、甚而更宽至百米、数百米的水面空间来。一艘艘载着游客的快艇在其间穿越,播撒出一遍又一遍醉心的喜悦声浪。看着眼前场景,女儿拉着我和妻子,也喜不自禁地购票乘艇,在这罕见的冰的世界里疯狂了几个小时。

▶ 这是场景一的现场照片打捆点缀了。

场景二：出海观鲸图稀奇，只见海豚追浪飞。得知雷克雅未克港口有出海观鲸的游船，叫我想起曾在南非的观鲸小镇坐在海岸边看巨大鲸鱼在海面逐浪的场景；又串联起曾随女儿在太平洋科隆群岛坐船观鲸的画面，顿时勾起我在冰岛出海再次观鲸的兴趣。于是就叫女儿安排购票观鲸，坐游轮到深海寻乐。午休后赶到码头上船，刚坐好，游船就发动往十多千米以外的目的地出发了。随着游船尾部翻起的巨型海浪，若干海鸟追逐觅食。不一会儿，我们便到了观鲸的目的地，游船在一座耸立海面只露出几十平方米山帽的孤岛左侧停泊，让观鲸者站立船舷扶着栏杆静候鲸鱼的光临。突然，船舷前方几千米外微风吹拂泛起一溜雪白的波浪，无数海洋动物伴着水花跳跃，前赴后继，哗啦啦地飞跃蹦跶着朝孤岛方向前进，激起的波浪在阳光下闪闪烁烁，分外妖娆。这种好景，除非到深海，其他任何地方是无法见到的，扶着船舷等待观景的人们兴奋起来，同行的欧洲人一改宁静优雅，开始手舞足蹈起来，眼见此情此景，巨鲸还没出现，游人就开始躁动了。

▶ 不用说，只要看了文章，自然晓得这组打捆照片在表达啥子意思了。

　　场景三：冰岛餐厅有奇物，飞翔鸟儿端上桌。在雷克雅未克住宿酒店附近，有一处专供游人进餐的美食区。每到餐点，这里都是人潮涌动，热气腾腾。我们也常在这里寻觅美味。一天，从国家公园返回后，我们走进这里的一家店面不大的餐馆。落座后，女儿拿起菜单推荐菜品，我见菜单上有飞鸟图形，不免疑惑：是鸟餐？一问果然是，于是在点了当地最有特色的海鲜后，又要了两只"海鸟"就着下酒，感觉好吃得出奇。不免心存遗憾地对女儿说："要是就着五粮液似的好酒品这鸟儿的鲜味，那才叫享受。可惜冰岛没有五粮液这样的好东西。"妻子戗我两句，说："食海鸟是在冰岛。在国内打鸟儿是犯罪！喝五粮液那才叫中国！"是啊，戗我也受了，这叫国情不同嘛！

▶ 放在结尾的一组纪念照，好坏都是来自当年餐厅的现场。飞翔的鸟儿成为美味，给人的记忆是深刻的！

　　好了，对冰岛奇特的探索，尽管不完美，但跟我游玩赏景的好奇心是合拍的。尽管是2013年的事，但也说得上记忆犹新。

昔日世界海上霸主　如今弱小没落之国

——有感葡萄牙游

▶ 这就是葡萄牙人引以为傲的大航海时代的标志。

2023年10月19日，我们一行人开始在葡萄牙、西班牙、摩洛哥游走，行程共17天，要到11月上旬才结束旅程。按旅程安排，在西班牙游了两天后，就进入葡萄牙游览。在葡萄牙走走停停，看看赏赏，结合历史又思思想想，感觉这个在大航海时代率先成为第一个世界霸主的国家，如今虽不能说是"日落西山，苟延残喘"，但起码可以说是"今不如昔，船烂掉钉"了。现结合我游走的感受，捡点儿葡萄牙的事来说说。

翻开葡萄牙的历史，在大航海时代的早期，葡萄牙是最早称雄全球的霸主，连邻居西班牙现在的一部分地盘，当年都是葡萄牙的领地。葡萄牙遍布世界各地的殖民地最多的时候有1000多万平方千米。衰落起来也是如山倒，势不可当。现在的葡萄牙国土面积只有9万多平方千米，总人口1064万。葡萄牙原属殖民地早就纷纷竖起独立大旗，挣脱了葡萄牙的枷锁，不再给葡萄牙政府"纳税上供"，致使葡萄牙当年靠"侵略殖民、抢劫显威、掠夺致富"的国力大衰败，经济急剧衰退。现在看来，好似发达国家的地位也快维持不住了。已经少得可怜的国土面积，继续受到邻居西班牙的侵蚀。举个例子，地处葡萄牙东南部叫奥利文萨的城市，被西班牙强占两百多年了，葡萄牙一直让西班牙归还，西班牙都是口头上承认"这地姓葡不姓西"，但是行动上就是不归还，看你葡萄牙敢咋样？这不是摆明了要欺负人吗？是啊，尽管西班牙早先喊你葡萄牙大哥，可现在你是弱不禁风的小老弟了，谁又怕你呢！

奥利文萨挨着西班牙的埃斯特雷马杜拉自治区的巴达霍斯省，面积有400多平方千米，人口约1万。这地方不仅景色很好，而且还盛产橘子，已经成为较有名气的风景区。

▶ 当年去侵略别人时好威风凛凛呀。

对于这样一个好地方，自古以来葡萄牙统治者都非常喜欢，常去光顾，视为掌上明珠，娶妻纳妾、有喜事都要拐弯抹角找缘由到这个地方上去热

闹热闹。就是这么个心爱的地方，在1801年的时候，法国的拿破仑攻打葡萄牙时，西班牙的将军戈多伊趁机就占领了奥利文萨。

▶ 以下一组照片，都是我们现场拍摄的，是观赏大发现纪念碑的纪念照。

可是后来战争结束，拿破仑都和葡萄牙协议要和平了，葡萄牙找西班牙要回自己的奥利文萨小镇时，西班牙口头承认奥利文萨是葡萄牙的，但行动上就是不归还，驻扎的守军也不撤，就这样赖着拖下来了。葡萄牙对西班牙的这种强盗作法非常气愤，一直要求西班牙归还奥利文萨的同时，还通过多种渠道寻求国际社会的支持。1815年，欧洲反法同盟已彻底击败了拿破仑，再次摧毁了拿破仑皇帝称霸梦想后，反法联盟在《维也纳条约》中明确要求西班牙归还奥利文萨小镇给葡萄牙。葡萄牙也根据这个条款一直要求西班牙归还奥利文萨。但西班牙就是装聋作哑，两百多年来对葡萄牙的请求都不予理会。

▶ 在葡萄牙首都里斯本广场看具有历史韵味的贝伦塔，也留点纪念痕迹。

特别是到了现代，葡萄牙更加国小势弱了，又没有外援舆论以得罪西班牙为代价给葡萄牙支持，葡萄牙除了行使惯性上的外交例行口头申明或者要求索赔外，是没有一点儿办法同西班牙交涉。这事拖久了，向联合国呼吁，联合国也以"这是个有争议的城市"为由，不置可否，事实上就是解决不了。这样看来，葡萄牙现在要想要回奥利文萨小镇，恐怕是很难了。

昔日大航海时代的霸王帝国，现在都已经落败到如此状态，此一时彼一时。现在的葡萄牙人，最能体会到"弱国无外交"这句话的分量。

▶ 在著名的景观罗卡角打卡。

◇ 昔日世界海上霸主　如今弱小没落之国

▶ 在埃武拉市看人骨教堂，这也是属于奇葩景观，也打捆点缀了！

当然，虽说葡萄牙已不复当年，经济也不太行了，但是，山还是那些山，地理位置没有变，人文风情也没变，老天赠予的大自然仍然韵味十足。作为来旅游赏景的游人，这就够了。于是，我们在葡萄牙境内的梅里达和里斯本等地游走，分别游赏了罗卡角、贝伦塔、大发现纪念碑、埃武拉人骨教堂等景观，也还是觉得看点多多，起伏跌宕。特别值得一提的是，罗卡角作为欧洲的"天涯海角"，葡萄牙历史上最著名的诗人卡蒙斯的著名语句"陆止于此、海始于斯"，将这里的地理特征描绘得惟妙惟肖。我站在罗卡角，眺望大西洋，陡峭的悬崖如同孤独的臂膀，朝着海面做出拥抱状，叫人陷入那"君临天下""妄揽九天"的痴迷意境，思维能力复常醒悟时，又会产生一种"哎呀，咋就走到天边尽头了呢"的感觉。是呢，这不正是今天葡萄牙的真实感受吗？！

不过也没错，人间规律就是这样，出来混，欠的账总是要还的！葡萄牙祖上欠殖民地那么多债，落到后代儿孙头上，"难道儿孙们就只图享福，不能用自己的双手，来创造属于自己的幸福吗"？

好了，打住。旅游途中，我的时间也宝贵，就不多说了。有不妥之处，请有兴趣的读者见谅指导！

苍天彩笔描生灵　一城一色尽奇闻

——摩洛哥游随笔

▶ 为国王尽职尽责的士兵威风凛凛。

　　游走摩洛哥，感觉就是掉进了苍天造就的大染缸，把个大自然千奇百怪的奇妙景色呀，渲染得美不胜收，淋漓尽致！让赏景的人，目不暇接，久望不舍。把人整得思维错位，时不时脑子里还闪烁："这哪是观景？摆明了就是掉进了色彩缤纷的陷阱！"

▶ 西太平洋的海水，在微风的吹拂下，拍打着摩洛哥的海岸，溅出朵朵浪花，卷走游人的心。

是啊！苍天的恩赐都是平等的，关键在于"不同的游戏有不同的玩法"，规则不同，自然结果迥异。在摩洛哥王国这片土地上孕育繁衍的子民，自古以来就善于利用大自然，将自己的生存的空间演绎得惊世骇俗，异常生动出彩。我们从西班牙的塔里法港口过直布罗陀海峡，下船便踏上了摩洛哥海边城市丹吉尔，马不停蹄地按行程游览了五天，分别在丹吉尔、舍夫沙万、菲斯、沃吕比利斯、拉巴特、卡萨布兰卡等城镇欣赏各类景区和景观。沿途深入摩洛哥内陆，远眺近观充满异域风情的城镇，耸立在那山、那水、那沙之间。摩洛哥国土面积45.93平方千米，这看似"连兔子都不拉屎"的干旱荒凉地，却养活了3780万国人。摩洛哥的奇特，吸引着世界各个角落的游人，络绎不绝前来览胜。

▶ 游赏哈桑二世清真寺，感觉真的好惊艳：摩洛哥竟然有如此宏伟的建筑！

好了，闲话打住。现在不说自然不说山水，看看摩洛哥人在苍天恩赐下，怎样将日子过得色彩斑斓，潇洒自如。

一、白色之城：卡萨布兰卡

摩洛哥曾是法国和西班牙的殖民地。在西班牙语中，"卡萨布兰卡"的意思是"白色的房子"。因靠近大西洋，白色在蔚蓝色的海水衬托下，具有清新脱俗和淡雅的视觉效果。所以，初期设计这座城市的先行者，就打定主意以白色为基调，要让这地方的历史伴随白色的韵味，唱响那人间的曲调！事实上历史已经证明，这个初衷早已实现了。正因为这白色，让这座城市成了摩洛哥的名片，吸引着天南海北的游人到此打卡，推动着这座古城成为名副其实的旅游胜地……

我们在这座城市游走，眼观大西洋蔚蓝色的洋面在微风吹拂下掀起的一波又一波的海浪，将矗立岸边的哈桑二世清真寺衬托得更加大气宏伟。这座清真寺总占地面积9公顷，采用了现在最前沿的高科技控制开启重达数吨的屋顶，能同时容纳2.5万信徒做礼拜。同时，寺外广场也是雄壮气派，可以同时容纳8万人做礼拜。这座城市可供选择的景点众多，就不一一列举了。

▶ 在卡萨布兰卡市著名的里克咖啡厅体验浪漫到陶醉的感觉，也是旅途中寻求的一种乐趣。

二、黑色之城：梅克内斯

梅克内斯被称为黑色之地，有两大原因：一是这里的山丘和大地都呈现黑色，城市就建在这大片大片黑色的大环境下。二是这里长期被古罗马的统治者奴役。古罗马的统治者不仅在这里将贩卖非洲黑奴的生意推向了高潮，伴随着金钱的暴利将黑奴带到他们权力所及的各个角落，而且还将大批一时脱手不及的黑奴留在营地为自己服务，造成无数的黑奴在此死亡。据导游讲，前几十年，这座城市还有 15 万之多的黑奴后代散布在大街小巷和附近村镇。现存古罗马营地的考古遗址沃吕比利斯和大片的黑土地就是这个城市黑色的见证。

▶ 在黑色之城的郊外探访古罗马留下的痕迹"沃吕比利斯考古遗址"时，也留下痕迹做纪念。

三、红色之城：马拉喀什

马拉喀什地处摩洛哥南部，建立在一片红色土地上，加之以古城墙为代表的建筑材料都就地取材，因此，这里自古以来就被称为红色之城。

马拉喀什是摩洛哥的第三大城市，这里有摩洛哥最大的露天广场。一到晚上，璀璨的灯光笼罩着喧嚣的人群，成为一道别具韵味的风景。这里有众多私家花园和网红酒店，镶嵌在突显的位置，为这座由数千条既宽窄不均、又蜿蜒曲折的小街小巷构成的老城区，增添了商机和活力。这些小街小巷尽管奇葩狭窄，但见缝插针地布满各种铺面，在摆满各种粗糙而具有本地特色的工艺品、日用品的同时，又会冒出制作各式各样的老手艺、老玩意儿的简陋工场。一群群、一拨拨游人穿梭在这繁杂喧嚣的气浪中，也没有分散在昏暗、低矮工棚里劳作的匠人的注意力！使这里已经成为游人必来的打卡之地。

▶ 红色之城马拉喀什气候温和，林木葱郁，有众多名胜古迹。

四、蓝色小镇：舍夫沙万

▶ 蓝色小镇当然是各种蓝色！

在摩洛哥，不仅好些城市以色彩闻名，就连乡土村镇，也在习惯性地利用各种色彩，将自己的日子打扮得五彩缤纷，最典型的就是舍夫沙万。

▶ 在蓝色小镇游玩，装扮一下逗逗趣也不错。

舍夫沙万位于里夫山脉宽阔的山谷之间，海拔564米，有多间酒店和清真寺，这里远离繁荣的大都市。过去，以出租驿站为谋生手段的小镇人，为吸引租客的注意，其中一家驿站主人率先用本地山脉中生成的一种蓝色矿石制成染料，将自己的出租房染成蓝色，顿时生意兴隆。榜样的力量是无穷的，小镇居民奋起直追，没人动员，没人要求，生存的需要瞬间就将这个小镇变成了蓝色的天地。

我们游走在舍夫沙万的这个由蓝色熏染的天地，如同置身于童话世界，真是恋恋不舍，游趣大增。在耍得不亦乐乎的过程中，照了好多纪念照，现就将几张打捆，立存在此，供读者鉴赏指导。

◇ 苍天彩笔描生灵　一城一色尽奇闻

▶ 要离开摩洛哥了,去感受一下当地人的服务,也是值得回味的。

好了,要上船离开摩洛哥了,就此打住。

首个日不落，早就已没落　没落有余光，存世遗产多

——西班牙游随笔

▶ 塞万提斯是西班牙文学大师。同塞万提斯雕塑合影，以示崇敬。

2023年10月20日，随着飞机落地马德里国际机场，我们就拉开了游走西班牙、葡萄牙、摩洛哥三国共17天的行程。我们先在西班牙游览两天，再去葡萄牙，然后返回西班牙，一路往摩洛哥前进；按行程游了摩洛哥后，再返回西班牙；再接着游西班牙。准确说是17天"三进三出"西班牙，游览西班牙的时间超另两个国家的总和。可见，虽说游"西葡摩"三个国家，但重点还是西班牙。

对于西班牙我算是重游。记得初次游是2013年7月，我当时在瑞士女儿家中休闲，我们一家从瑞士飞西班牙游玩了一星期，虽

说费时一个星期，但却只游了巴塞罗那。初次游已过去十多年了，总觉得西班牙那么多地方都没去，心里欠欠的，所以这次就参团游了西班牙的马德里、托莱多、梅里达、塔里法、塞维利亚、米哈斯、格拉纳达、阿利坎特、贝尼多姆、瓦伦西亚、巴塞罗那、萨拉戈萨等地的著名景点和历史遗迹。走走想想，看看思思，也感慨良多。

是啊！纵观人类发展史，一幕幕波澜壮阔的大剧在不停上演，一步一步推动着历史的进程。早在15世纪初期，西班牙在最终完成自己国家统一后，就开始走上了称霸世界的道路。在大航海时代，西班牙紧随葡萄牙之后，成为不可思议的全球霸主。当年西班牙王室利用王朝集权，调动足够资源做其想做的事情——称霸世界、抢夺财富。特别值得指出的是，早在1492年，西班牙王室雇佣的意大利人哥伦布到达美洲时，便拉开了称霸世界的序幕……

▶ 以下是游走西班牙首都马德里的纪念照。王宫、西班牙广场以及市容随拍。

◇ 首个日不落，早就已没落　没落有余光，存世遗产多

到了 1519 年，西班牙人已从古巴抵达墨西哥，征服了阿兹特克部落，并占领了其首府。到了 1530 年，西班牙人从巴拿马出发，几个月后到达印加帝国，并征服了印加帝国的首府库斯科。后来整个拉美，除了巴西，其他地方都成了西班牙的殖民地。不仅仅是美洲，西班牙还征服和收获了非洲、亚洲的好多殖民地，例如赤道几内亚、菲律宾。特别是在非洲发现金矿、银矿后，疯狂掠夺使西班牙很快成为欧洲最富有的国家。极盛时期的西班牙帝国，疆域面积达到 3150 万平方千米，哪怕是到了 1790 年的衰落时期，仍然控制有 1921 万平方千米，有几千万殖民地人口为其效力。西班牙在鼎盛期，仅从美洲掠夺的金银，就约等于当时全世界金银开采总量的 83%。这样掠夺的庞大财富不仅将西班牙垒成了世界巨富，还使西班牙成为庞大的殖民帝国。尤其是在西班牙国王兼神圣罗马帝国皇帝卡洛斯一世的统治时期，西班牙先后挑战了法国和奥斯曼帝国两大对手，确立了自己在欧洲的强大地位，成功压过葡萄牙，将已戴在葡萄牙头上的"海上霸主"桂冠，抢来戴在自己的头上，成为继葡萄牙之后的"海上霸主"式的帝国。正因为有这样的实力，所以卡洛斯一世口出狂言："在朕的领土上，太阳永不会落。"首创"日不落帝国"这个名称。

▶ 以下是托莱多城纪念照。托莱多历史长达两千多年，受罗马帝国统治。曾是哥特王国的首都、科尔多瓦酋长国的要塞、基督教国家和摩尔人战斗的前线、查尔斯五世最高权力临时所在地。犹太教、基督教、伊斯兰教在此并存共容，是"三种文化之都"。

131

但是，欠的账总是要还的，历史规律就是"物极必反"。到了1588年，西班牙同英国海战失败后，便走向了衰落。特别是到了17世纪荷兰、法国相继崛起后，西班牙就彻底没落了。

时间推移到如今，西班牙领土面积只有50.6万平方千米，仅占其鼎盛时期的3%。现总人口4859万，仅占其最多时期的10%。早已不是当年的"日不落帝国"。

▶ 梅里达地区同葡萄牙接壤，在进入葡国前，我们去看了古罗马留存在梅里达境内的引水工程。西班牙到处都是橄榄树，全体玩友都乐意在树前合影。

▶ 游了葡萄牙又返回西班牙南部游塞维利亚古城。

话又说回来，正如我在上篇葡萄牙游记中的观点，作为我这样的"吃瓜群众"，它发展得好不好，跟我吃几碗饭、走多远路关系不大。只要景观好，物价能承受，有利于"到此一游"的舒心快乐，点个赞道声好，也就足够了。说历史重要，推荐见闻也重要。要写游记，每到一处都可写若干。话虽这样说，为了本文丰满，我还是要用心挑选出自己认为值得记录的风景，概述思索收获的认知，奉献给读者。

印象一，堆积财富彰显风范，广场重在扬国威

这次游走西班牙尽管是跟团，自由度和时间都不够，但一辆容纳五十人的豪华大巴只供十人乘坐，舒适度可说确实是好的。这就助我"潇潇洒洒兴趣浓，辛苦不减游兴足。一路走来一路歌，撒播见闻添喜乐"！所以在游玩中乐于多看勤思找特色，拍照助兴添乐趣。我觉得要概括西班牙的特色，排位第一的应是广场。为啥呢？据我游走西班牙看到的诸多城市（这次又听导游讲），不管是大城还是小镇，凡有广场都叫"西班牙广场"。从命名就可见彰显的是西班牙的国威，是西班牙民族的风范。西班牙的广场是用当年从殖民地抢来的财富修建的，看着就像给西班牙人鼓劲儿。这样的广场不仅名称响亮，而且在内容和功能上，是用财富突出"实用扬国威"，广场在满足民众休闲、娱乐、聚会等功能的同时，又用建筑风格和视觉效果去彰显民族特征，能让观赏者看了在潜意识中就感受到西班牙特色，收获"哦，这西班牙确实了不得"。

▶ 从西班牙到摩洛哥，必须经西太平洋直布罗陀海峡处的塔里法港口乘轮渡。这就是在塔里法港口了。

印象二，遍布教堂清真寺，和谐共存显尊重

喜欢走走看看到处旅游的朋友估计都清楚，语言没障碍可以自由行，喜欢什么由自己。要跟团，就由不得你"自由"，旅行团的套路是"国内看庙宇、欧洲看教堂"，明白还好说，不明白就只剩下热闹了。走过看过一脸蒙，过目匆匆脑茫茫。我们这次也无法避免旅行社的套路，只能对着

◇ 首个日不落，早就已没落　没落有余光，存世遗产多

照片概括。

西班牙是个全民信教的国家。早期受罗马帝国影响，信奉基督教。后来被阿拉伯人征服，受阿拉伯人统治 700 多年，又跟着统治者信奉伊斯兰教。再后来到了 1492 年，西班牙完成光复运动，又按统治者的意志，开始信奉天主教了。当然，历史进程是有惯性的，每一任统治者不可能将异教徒全都消灭，所以今天的西班牙除多数人信奉天主教外，还有少数人信基督教、伊斯兰教、犹太教等。因此，游走西班牙，到处都有教堂、清真寺等各教派的建筑，最著名的如：托莱多大教堂、塞维利亚大教堂、布尔戈斯大教堂、萨拉曼卡大教堂、莱昂大教堂等。关于教堂值得强调有两点：一、位于巴塞罗那的圣家族大教堂已经修了上百年还没完工，就被联合国教科文组织列入《世界遗产名录》。二、西班牙好多城市教堂林立，甚至一个社区都有若干个。仅从教堂遗存就可得知，这些建筑的存在，都是财富堆积的见证。

▶ 米哈斯小镇位于地中海岸边，特色是建筑物呈白色。徒步游览观景之余，坐驴车，品美食，都很惬意！

印象三，王宫宏伟霸气漏，彰显王者有威风

历史上的西班牙，不但有"海上霸主"时期，是首称"日不落"的世界级殖民帝国，也有早期小国内斗时期。如今的西班牙境内，既有早期的王宫遗址，又有还在供国王使用的存世王宫，最典型的就是托莱多古城皇宫、塞维利亚王宫和王宫花园、格拉纳达的阿尔罕布拉宫，以及马德里供现在国王使用的王宫。这些王宫都是在西班牙争夺霸主地位的过程中，因时代变迁形成的存世建筑，都建得大气奢华，彰显王者荣耀，威权至上，同样也是财富累积的表现。

▶ 在西班牙的格拉纳达市游览阿尔罕布拉宫，这里于1984年被列入《世界遗产名录》。

▶ 在前往巴塞罗那途中观看了瓦伦西亚艺术科学城。建筑群包括天文馆、菲利佩王子科学博物馆、索菲娅王后大剧院和海洋馆等，也打捆点缀。

◇ 首个日不落，早就已没落　没落有余光，存世遗产多

印象四，其他

　　游走西班牙，印象深刻的实在多，要梳理，再举出若干都是干货。要详细说，那是专家学者、教授的事，像我这样的闲游老者、"吃瓜群众"，既不专业，又没必要。我只是在打住话题之前，再啰唆几句：游走西班牙，还见到好多为名人豪杰歌功颂德的丰碑宝塔，例如，高耸在巴塞罗那海岸边的哥伦布纪念碑、屹立在首都马德里西班牙广场的堂·吉诃德雕塑和高塔等等，这些及前文所述，无一例外都是西班牙巅峰时期财富累积的见证。在展现了人类智慧创造的艺术精品的同时，也充分揭露了当年的"日不落"终究要没落的命数，用疯狂掠夺抢来的财富，建成的奢华建筑，现在歪打正着成为世界级文化遗产，最终还是归还给了世界。让来自世界不同角落的游人，包括曾经的殖民地后代，在欣赏世界级艺术瑰宝的同时，能够警示后来者：不道德地积累财富，终究是要受惩罚的。

▶ 地中海岸边的巴塞罗那同法国接壤，是西班牙的第二大城市。它的亮点一是市内遍布百年前就声名大噪的建筑大师高迪的作品。二是1992年举办了奥运会，名声在外。我这次游西班牙，再次游览了这座历史、文化、艺术与建筑相融合的城市。

　　好了，游了巴塞罗那就返回马德里，结束了本次"西葡摩"三国行，准备乘机飞回国内了。坐旅游大巴在颠簸摇晃中完成本篇游记，思维涣散，言不达意，有欠妥处，还敬请谅解。

渲染诅咒讨扯眼　探知真相赏顶端

——埃及游随笔

▶ 卢克索是世界上"最大的露天博物馆",有着宫殿之城的美誉。所以埃及人常说:"没到过卢克索,就不算到过埃及。"

古埃及是四大文明古国之一。稍微有点儿历史常识或留心旅游知识的人,估计都晓得埃及有金字塔、木乃伊、狮身人面像等文物存世,代表着

古埃及文明的鼎盛辉煌。特别是十多个世纪以来，围绕着这些文物，产生了众多的纷争。就是到现在，专门研究它的科学家也深陷好多无法解开的谜题中。在持久的探索中，各类人等怀揣各自的欲望，围绕着金字塔，渲染出好多奇葩怪闻。特别是近几十年来，一些电影和小说，以艺术的形式加入进来，将金字塔的神奇传得天花乱坠，吸引世界各个角落的人们蜂拥而至一探究竟。小时候看《一千零一夜》连环画，我就对古埃及有朦朦胧胧的神往。长大后，向往探奇的心就更急切了。2014年3月，当得知成都已能参团到埃及和土耳其旅游，我立即携家人报了名。哪知报了名，埃及就发生了政治动荡。到了11月，埃及社会稍加平静，旅行社通知25号出发，我们就随团乘机，落地埃及的首都开罗，在荷枪实弹的警察和军人保护下，拉开了我们在埃及玩赏和探奇的旅程。

▶ 到了埃及首都开罗，第二天就在荷枪实弹的警察和军人保护下参观埃及国家博物馆。

在前往埃及之前,我通过翻阅旅游杂志和相关资料获悉:金字塔存世几千年来,连科学都无法解释的谜团一桩接一桩,我对其中"法老诅咒"的传闻特别感兴趣。觉得这个传闻尽管有违常理,但跟中国的阴曹地府的传说相似,很想探个一二。

围绕金字塔流传的众多法老诅咒中,最有名的是古埃及新王国时期第十八王朝法老图坦卡蒙。他9岁即位,18岁神秘死亡,葬于金字塔内后,几千年来无数的盗墓贼都在寻找他的陵墓却一无所获。到了1922年11月5日,才被考古学家、英国人霍华德·卡特发现。原来,图坦卡蒙的陵墓并不在高高的金字塔中,而是在地下开凿岩石,建在另一个著名法老拉美西斯六世的陵墓下面。

待资助考古经费的老板卡纳冯勋爵赶到现场,同卡特等人将墓门撬开后发现,这墓果然是几千年来首次开启,还没有盗墓贼光临。无数奇珍异宝保存完好,让所有在场参与者瞬间有了"发财了"的狂喜,兴奋得啥也不顾地冲上前去欣赏宝藏。

待喜悦冲动告一段落,人们冷静下来,就开始分期分批地进行清理工作。直到第二年2月17日,在撬开第三道门后发现了图坦卡蒙无比豪华的棺椁和用黏土做成的匾额。这么大的考古发现,招来各路媒体蜂拥而至,顿时轰动了全世界,引得各路人等按照自己的理解,将这次考古发掘传得沸沸扬扬。有的说,黏土匾额上写的是法老的诅咒:"谁扰乱了法老的安眠,死神将张开翅膀拥抱他。"有的说诅咒是:"任何怀有不纯之心进入坟墓的人,我要像扼一只鸟儿一样扼住他的脖子。"媒体上也开始不断出现印证"法老诅咒"的爆炸性消息,例如:"随着这个年轻法老墓门的开启,神秘紧跟其后,短时间内已有多人连续死亡"等新闻在报纸上铺天盖地。有的文章描述得离奇入微,叫人看了,不仅信以为真,还被吓到了。典型的例子有:"考古学家卡纳冯勋爵身体一直很好,当他进入坟墓时,被一只蚊子叮了左脸颊后患上急性肺炎不治身亡。""检查法老木乃伊的医生报告说,木乃伊左脸颊上也有一道疤痕,同卡纳冯被蚊子叮咬的痕迹一样。"于是报纸上诸如"法老复仇应验"等标题就更多了。接着,"追剧"新闻又出现了：铁路大亨乔治·贾加德对老朋友卡纳冯的死亡充满疑惑，也前往埃及进入图坦卡蒙坟墓视察，结果，第二天无故高烧，当晚被人发现死在宾馆内的床上。接着又有"卡纳冯的兄弟死于腹膜炎，其父也在伦敦跳楼自杀"，"协助卡纳冯编辑陵墓文物目录的助手也自杀"，"特邀考古学家也死在卡纳冯下榻的同一家酒店"，诸如此类的传闻满天飞，让人觉得"法老诅咒"确实灵验了，刹那间让金字塔在全世界都轰动了。

▶ 围绕金字塔的各种传闻，特别是"法老诅咒"满天飞。

我们首先参观的是埃及国家历史博物馆。听导游讲，动乱时博物馆也险遭破坏。现在我们能参观，应该感到庆幸。是的，既然难得，我们就看仔细点儿。

博物馆一共三层楼，共计几万平方米的展示大厅内，分类堆放或展示的都是从金字塔内发掘出来的、距今7000多年前的木乃伊、石棺、石像、黄金、白银，以及无数的随葬品文物原件。在参观博物馆和金字塔的过程中，我就前面已叙述的"法老诅咒"的传闻，当面请教了埃及导游（这位导游懂中文，在埃及游览时都是她全程陪同讲解）。就此问题，导游小姐结合讲解相关景观，讲解了产生"法老诅咒"的前因后果。听了讲解，串联起来分析，我好似知道了"法老诅咒"的真相。

▶ 在参观博物馆和金字塔时，我紧跟这位埃及导游小姐，就是想听她帮我揭秘"法老诅咒"！

原来，图坦卡蒙法老的诅咒传闻不是起源于埃及，而是近代英、美小说家极力炮制的文艺作品中的故事。揭穿这个谜底的是一位英国埃及学专家蒙特塞拉特。他在研究"法老诅咒"传闻时，顺藤摸瓜溯源到1828年在伦敦皮卡迪利剧场公演的"木乃伊脱衣"时，发现当年英国一个名不见经传的小说家、25岁女作家韦布看了公演得到灵感，创作了小说《木乃伊》。后来，女作家科雷莉准备将考古学家的死亡同木乃伊联系起来创作一部新作品，她为情节虚构了考古和图坦卡蒙法老的诅咒等场景。作品创作过程中，作家同朋友探讨故事情节时，被好事者外传，不胫而走，引发媒体穿凿附会，奇谈怪论就这么登上了世界各大媒体，从此这类传闻就经久不衰，越传越走样，越传越神了！

141

▶ 来到卢克索古都的古代遗址公园参观，顿时就被这些古代宏伟建筑的磅礴气势征服了。

"既然法老诅咒是假的，那考古学家等人的死亡是不是真的呢？"我又追问导游。导游说当年开陵墓时共有26个人参加，有10个人都是寿终正寝，难道这诅咒还挑人？

导游接着说，在古代科学不发达，对自然的力量解释不了就猜测。现在科学发达了，以前不可思议的事情都有了合理的解答。现在的解释为"受磁场影响突发疾病身亡"，或"未知细菌传染致病身亡"，或"接触毒药感染致病身亡"，等等。我又问导游："既然传闻不科学，那埃及当局咋不辟谣澄清呢？"导游笑笑说："这些传闻相当于免费广告，能为埃及招来大批游人，兴旺旅游业。又不是埃及在传谣言，政府又不傻，没必要去说三道四呢！"我"嘀"了一声，人家埃及人都说了真话，我又咋能不相信呢？再提出异议，就叫无事找事不懂事了，马上闭嘴打住，专心赏景好了。

▶ 看了金字塔就继续看景点，来到沙漠深处尽管可骑骆驼，但目睹土著贝多因人生存状况，也是惊讶。

从思想上消除了对"法老诅咒"传闻的疑惑，对其他传闻也不想再去探究了，内心顿觉清朗。第二天，我们从开罗乘车6个小时前往埃及南部的度假胜地红海，坐在透明见底的玻璃船上，端着盛满当地葡萄酒的酒杯，放任赏美的双眼紧盯那五颜六色的鱼儿在遍布珊瑚礁的海底穿梭。这样漫无目的地沿着透明浅海游荡一个多小时后，就随导游回酒店休息。第二天晨起餐后，又前往土著贝多因人世代居住的沙漠深处，骑骆驼寻找乐趣，参观贝多因人的生活场景，品尝贝多因妇女用骆驼干粪便做燃料现场烤制的美食。继续行走在欣赏埃及世界闻名的景观的旅途中。

▶ 头顶烈日，不停地行走探访这个神庙、那个殿堂。虽说被众多宏伟气派的古代雕塑、雕像惊呆了，但也不忘立正稍息留纪念。

◇ 渲染诅咒讨扯眼　探知真相赏顶端

143

从红海乘车5个多小时来到世界著名的卢克索。追源历史，卢克索的底比斯是古埃及的都城遗址，底比斯在荷马史诗中被称为"百门之都"。历代国王、法老在这里兴建了无数的神庙、宫殿和陵墓。经过千年的岁月，昔日宏伟的殿堂庙宇都成了残缺不全的废墟，但依然留存当年的宏伟，不失为古埃及文明高度发展的见证地，所以现在的埃及人爱说"没到过卢克索，就等于没到过埃及"。可见，卢克索在埃及人心中的地位了。

走进卡纳克和哈齐普苏特神庙，就好似现场见到了《尼罗河惨案》中大侦探波洛正在绘声绘色地分析案情。那紧张的氛围与古老建筑的奇异风格，杂糅混合，顿时生出些妙不可言的情愫！

再来到位于尼罗河西岸的卢克索神庙，看到"哭泣的门农"巨像，不得不赞叹古代文明所折射出来的宏伟气场！是啊，卢克索是世界上公认的所有现存古代建筑景观中，与大自然的景观融合得最好的典范，所以被盛赞为是目前地球上"最大的露天博物馆"，是为后人留下的丰厚财富。

▶ 经苏伊士运河返回开罗就去夜游尼罗河，肚皮舞赢来不间断的掌声！

游赏了卢克索，从红海沿着连接欧洲、亚洲和非洲的苏伊士运河返回开罗已临近黄昏了，我们随着导游登上夜游尼罗河的游轮。用完晚餐后，

又落座舞厅，一边欣赏打扮得如妖姬的埃及女郎跳那欢快的肚皮舞，一边随着游轮沿着尼罗河流经开罗两岸观看灯红酒绿的夜景，在不间断的掌声里，游友们频频举杯预祝自己离开埃及前往土耳其的旅程更加快乐。

▶ 结束埃及行程要转场去土耳其了，全团游友都恋恋不舍地向埃及挥手告别。

是的，游走埃及已是多年前了，虽然说了告别，但时时想起，也还意犹未尽！

锡兰岛国览生态　耍法自然品悠闲

——斯里兰卡游随笔

▶ 在斯里兰卡的海岸渔村游玩，加入渔民拉网的队伍，既好耍又热闹。

2016年年初，女儿从瑞士返回国内休假，我们决定一起游览斯里兰卡。1月12日，我们从成都乘机航行6个小时到达了斯里兰卡首都科伦坡，拉开对这个南亚次大陆、东侧呈梨形状岛国为期半个月的自由行游玩。

▶ 女儿利用假期陪我和她妈在斯里兰卡游览。

锡兰岛国览生态　要法自然品悠闲

　　漫游斯里兰卡，我的第一印象就是生态自然，风光无限好。刚踏上这个岛国，就好像行走在20世纪八九十年代我国的海南岛，沿途椰林簇拥，芭蕉吐蕾。森林茂盛，海景秀丽。艳阳当空，热气蒸腾。我们从首都科伦坡驱车往康提、努沃勒埃利耶、加勒，直至游到南方省本托塔等地，感觉越是往这个国家的深处走，山峦越是重重叠叠，绵延不绝。连接市和市、省和省之间不太宽阔的道路，时而是纯泥巴路时而又铺着碎石，路随着地势盘旋在半山腰或山顶。用树干作墙或梁，用薄石片或芭茅植物类盖顶的原住民房屋，也漫不经心地傍路、顺坎、依山而建，往往是突然出现在我们颠簸前行的车窗前，也惹得我时不时地展望沿途绿野中那爬坡上坎的梯田；那漫山遍野的茶树、明亮如镜的堰塘等场景，勾起我对原生态优美环境淡淡的情愫！是啊，淡淡是原始生态的本性，是气定神闲的优雅，是云淡风轻的飘逸，是耐人寻味的质朴，是远离尘嚣灵性的纯净。是啊，淡淡其实就是一种返璞归真的美，是一种端庄的气氛，是一种难以企及的人生境界。得之我幸！不得我命！花开花落，如此而已。是啊，淡淡地游走，就像手捧一本喜爱的书，随好而读，随意而思，随情而性，随心而录。周围的环境平平淡淡，我的心安然宁静，精神也收获了自自然然的充实……

147

▶ 被沿途的自然生态景观所感动，要谢谢这位年轻的驾驶员，不辞辛劳陪伴我们一路前行，同时感谢当地的老者同意我拍他。

在斯里兰卡游走，除了观赏热门景观，如狮子岩、霍顿平原国家公园、加勒古城、佛牙寺、波隆纳鲁沃古城等以外，我觉得最耐人寻味的应该是住乡村酒店或沙滩别墅，融入当地的渔村或种茶基地去体验异国他乡的风土人情。到海边参与打鱼、拉网、海钓、放生；到茶厂参观制茶工艺，到茶艺馆赏茶品味，这些都是非常有趣的活动。

▶ 各大景观照片太多，只能点缀一下。

▶ 去参加海钓、拉网、打鱼、品茶等系列当地的特色活动，也是非常有趣的事。

在分别参与渔村和种茶基地的相关活动后，不管是住进本托塔的海景别墅，还是加勒市郊的乡村酒店，其主要任务就是度假休闲式的"吃饱喝足要伸展"！睡个懒觉起来到海边餐厅进餐观日落，返回住地倚靠在凉台的躺椅上，眼望窗下泳池中陌生的青春女郎们，嬉戏玩水随波摇晃，我端着酒杯的手也不知不觉地晃悠了起来。池边音箱飘出舒缓的音乐，随着邻

◇ 锡兰岛国览生态 要法自然品悠闲

149

粼水波，轻轻地拨动着我的心弦，将人的思维搅拌得飘逸迷茫，渐渐地、渐渐地，思绪就如飞翔的彩虹，开始飘飘然了……

常听人说"女儿是父母前世的情人"。对这种说法，仔细想想，也是有道理的。年轻时，我就梦想着跨出国门去遛遛。20世纪90年代初就削尖脑袋找机会，有幸跟团分别到苏联、美国去晃了几眼，亲身体验了不懂外语，自己有嘴无法对话、有眼却是睁眼瞎的窘境。回国就用自己这种无奈来激励还在读小学的女儿要学好外语。一晃20年过去了，女儿已经可以用英、法、德和西班牙等语言跟人交流了。自从女儿定居瑞士后，利用休假陪同我们到处走走看看，女儿事前攻略做得很细，涉及游走中的各种事务，如购票、交流、采买等也包揽了。这就解决了父母在国外无法交流的困扰，使我体会到了在陌生环境中自由行、深度游的乐趣，提升了我旅游的热情。尽管女儿平时不在身边，但每年都会相约在世界不同国家旅游，我也乐在其中。

是啊，我能游走世界，没有女儿陪着，要自由行深度游估计是办不到的，看来这也是一种缘分了。真是世间皆有缘！父母与儿女有缘。人与自然有缘。如女儿不陪我到这里来深度游，我也就无缘用文字写就这篇游记。游记游记，没游咋记？若无亲身体会何来愉悦？若无心灵触动何来感动？

▶ 斯里兰卡的风土人情，也是陶醉其中了。

在斯里兰卡十多天的悠游，说长也长，说短也短，不知不觉中就过去了。如不是女儿因假期限制，我真的还想继续耍。我们按游前攻略，从本托塔坐火车返回科伦坡。科伦坡在锡兰岛的西南海岸，克拉尼河的南边，被称为"海的天堂"。科伦坡历史悠久，早在8世纪，阿拉伯人就在此筑围定居。葡萄牙入侵后改为科伦坡。斯里兰卡独立后，科伦坡被定为首都，现有人口60多万。这里树木苍翠，风景清丽，奇花异草，幽香扑鼻。这里的海边沙软浪平，飞鸟旋空，是有名气的海滨度假胜地。我们在这里休整两天后，就乘机飞回成都的家了。

▶ 坐火车看沿途风景，也是很有趣的事！

游览斯里兰卡虽说已经是历史了，但每逢喝锡兰红茶，闻着飘飘悠悠的香味，就能勾起我对斯里兰卡的回忆！

以为酷暑难耐地　哪知凉爽如春城

——游肯尼亚之一

▶ 这是在肯尼亚首都内罗毕酒店走廊摆放的花盆里抢食的鸟儿们。

"骗人家黑娃没晒过太阳嗦。"这话在不同语境尽管会表达不同的意思。但从字里行间起码透着一层"有黑娃的地方，肯定太阳大，热得很的意思。

原来我也以为，肯尼亚处于非洲东部，属于热带地区，应该是终年高温。特别是赤道线又横贯在肯尼亚的中部，是太阳光照射地球最强的国家之一，所以黑色人种偏多。有了这些自以为是的"常识性东西"做支撑，我就想非洲这地方"肯定是太阳悬空直射，整天酷暑难耐，不热得开跳才怪"。但到肯尼亚旅游的亲身经历，却使我对这句话产生了质疑。

我女儿在欧洲商学院研究生毕业后，就被一家瑞士公司招聘去做财务工作，每年有两个月带薪假期。女儿每年年初就将出游计划告知我们，好让我们"一年早知道"。2015年7月初，女儿电话我们："年初商定到非洲去看动物大迁徙，我把一切都安排好了。你们这个月26日从成都出发经上海，再到埃塞俄比亚转机直达肯尼亚的首都内罗毕。为了节约时间，我从瑞士直飞内罗毕等你们。"接着，就将安排好的旅行事宜电传我们，照此执行。

中国的七八月份，正值盛夏。我们从成都出发的当天温度是三十多度，到上海机场也是三十多度。到埃塞俄比亚转机时，还是热得很。我对妻子说："这些地方都这么热，肯尼亚在赤道线上，还不热死人？"接着抱怨："这女娃子也不动脑筋，安排盛夏季节到酷暑难耐的地方出游？"还没等我话落地，妻子就马上抢白我："动物迁徙有规律、季节性强。过了这个时段就看不到了，要等下个年头。怕热，咋不早说？"看看，女人护崽都是一个德性，简直半点儿都不含糊。不管是啥时候、啥事情，都会挺身而出，甘愿当儿女的"挡箭牌"。当爸的还敢多话？是啊，中国的父母好像都这样，听不得哪个说自己儿女的任何不是。

▶ 这是在埃塞俄比亚首都机场转机时，在机场候机大厅用手机拍的随手纪念照。

当地时间下午1点左右，我们乘坐的飞机降落在肯尼亚内罗毕国际机场，随后住进早就安排好的酒店休息，等候因航班误时晚到的女儿。

稍事休息见有空闲，我便踱步酒店附近看看。刚移步室外，见太阳尽管高悬在空中，却伴随着悠悠的微风，显得阳光柔和，凉爽明媚。嗨！真是奇怪。一直以为肯尼亚是个酷暑难耐的炎热处，实地踏勘，我咋没感觉到一丁点儿炎热难受呢？正在疑惑不解，企图寻找答案时，能为我答疑解惑的女儿到了。我和妻子顿时被兴奋包裹了，在一阵手忙脚乱中，在女儿喊爹叫妈的甜蜜氛围中，又是帮拖行李箱，又是抢接挎包。簇拥着女儿进酒店房间，连水都还没来得及让女儿喝，我就迫不及待地问女儿酷暑地咋不热的问题。女儿听了抿嘴一笑，就针对游览肯尼亚的相关常识性问题，如气候特征、地理位置、人文历史、景观特色等等，简明扼要地给两位老者做了系统性的讲解。原来，肯尼亚全境处于热带季风区，大部分地区属于热带草原气候，沿海地区湿热，高原地区暖爽。3至6月和10月至12月是雨季，其余时间为旱季。全年最高气温26度，最低10度。7、8月份旱季，不仅是动物大迁徙黄金时段，也是气温凉爽适宜览胜的季节。女儿见我认真听她讲，就不忘抓住这适当的时机来幽默她老爸，说："爸爸，你爱到处去感受风情。我建议您每走一个地方前，还是找些资料学习做点儿攻略，免得你要教育我和我妈时抓不住重点又跑题千里，让我妈护短都找不到合适的说辞。"

听女儿调侃我，妻子马上接话说："女儿是团长兼导游，做攻略是本职工作，应该。爸妈跟团观景，当然只负责听讲解了。"哎哟，果然凉爽！我会心一笑对女儿说："你妈就是有觉悟。"女儿回我说："当然了，我妈是家里的政委，又兼管家政嘛。"话音未落，都报之哈哈一笑，就关门下楼出酒店，漫步闲逛，走走停停再返回酒店餐厅。伴着电火炉喝酒进晚餐后，回房睡个好觉，为第二天游览做准备了。

▶ 看到内罗毕酒店大厅旁的卖场热闹，也随手拍一张。

◇ 以为酷暑难耐地　哪知凉爽如春城

行走世界 览藏好景 第一辑

▶ 走进内罗毕的酒店餐厅,伴着电火炉子翻看菜谱,准备进晚餐了。

▶ 刚到肯尼亚首都内罗毕酒店外见到的场景,也打个捆看看。

▶ 这是在酒店周边拍摄的,也打捆晒晒。

　　(本组游肯尼亚四篇,是我依照当年游走时,每天所发的朋友圈、微信留存,于 2023 年 2 月初改写,编辑于海南清水湾陋室。)

◇ 以为酷暑难耐地　哪知凉爽如春城

干旱蛮荒风沙地　野生动物的天堂

——游肯尼亚之二

▶ 狮子，处于肯尼亚荒漠食物链的顶端。

还在用早餐时，女儿预租的特制安全野外观光车就已到酒店外等候了。我们回房间收拾行李上车，就开始了对肯尼亚为期十二天、以观赏"动物大迁徙"为主的自由行、深度游。

司机兼导游是个三十多岁，壮硕开朗的黑人小伙。他介绍自己名叫凯博，原是足球运动员。退役做导游快五年了，是几个孩子的父亲。他表示要竭尽全力为我们服务，好多挣钱养家。听他说完，我女儿马上对司机说："谢谢！只要按服务协议履职尽责，我们给小费一定从优。"这黑人小哥听了，顿时眉开眼笑。只见他一边在颠簸土路上不停地扭动方向盘，尽量使越野车在平稳中快速前行；一边搜肠刮肚地讲解着当地风土人情。顺着凯博的讲解，女儿也同步翻译。根据预订的十多天行程，这次游玩主要集中在马塞马拉野生动物自然保护区、桑布鲁野生动物保护区、纳库鲁湖国家公园等观景目的地。除了安排观赏众多野生动物外，其间也穿插同土著人互动交流及其他有趣的娱乐休闲活动。游玩方式重点是"驻车看迁移""车走陪动物""乘热气球高空赏动物""进村落互动"。特别强调的安全事项是：一、这次住宿的酒店都建在野生动物活跃地段。在享受原汁原味的环境时，重在防止野生动物偷袭。没有酒店持枪人员陪伴，不得跨出酒店半步。二、野外游览全过程，不准在任何地点、任何时候离开车体安全栏的保护，防止野生动物突袭攻击。三、不得自带食物投饲动物。需要重视的事项还有很多。

话音伴着车轮飞旋。不知不觉中，我们随车沿着肯尼亚山脉的边缘，顺着赤道线朝着荒野大漠方向穿越肯尼亚，不经意间就已离开内罗毕百多千米，来到一处村庄旁的加油站了。司机说加油站近处的村庄就傍着赤道线，他要驻车加油。于是，我就下车对着村了用手机也拍了几张纪念照。

▶ 等待加油时随手拍个照。

▶ 这就是处在赤道线上村落的村口大道。

▶ 把赤道线周边景观也打个捆看看。

车子"喝"饱了油跑起来更欢畅。下坡上坎又拐了几道弯，我们就随车到了闻名遐迩的东非大裂谷的核心地段，也就是肯尼亚中部通往荒野大漠的必须经过的地段。东非大裂谷纵切高原南北，将高地分成东、西两大部分。大裂谷谷底在高原以下450米至上千米，宽度从50千米到百多千米，谷中分布着深浅各异的湖泊，滋养着高低错落的山丘。北边为沙漠和半沙漠地带，占肯尼亚全国总面积的56%。这些地方被划为若干野生动物的自然保护区，这些保护区内有大批野生动物，吸引着全世界来自不同国度的游人，为着同一个目标——观赏野生动物大迁徙，熙熙攘攘的人群涌入这片荒野地带，来欣赏这独有的景观。

我站在高处，用手机对着大裂谷低处也拍了几张照片，现陈列一二，以便读者直观感受。

▶ 这组照片展示的就是东非大裂谷入口，往荒野大漠的起始视觉场景。

◇ 干旱蛮荒风沙地　野生动物的天堂

161

越野车"滚"进东非大裂谷张开的大口，伴随泥路腾起的沙尘，在颠簸中又驰骋了几个小时，接近黄昏时，我们住进了号称肯尼亚心脏地带的桑布鲁自然保护区建在核心位置的酒店。第二天早餐后，我们随车前往荒蛮的草原深处，拉开了这次近距离观赏各种野生动物的序幕。

▶ 从大裂谷的泥巴路，"滚"进十多里路，就深入荒凉无人居住的野生动物的领地了。

在接下来十多天，除了早、中、晚在不同酒店进餐、午休、住宿外，其余时间都乘坐越野观光车或者热气球，先后穿梭在桑布鲁、马塞马拉、纳库鲁、博格利亚、内罗毕等处的国家公园和自然保护区的荒野上。乘坐越野观光车或者热气球观看和欣赏着各种野生动物各具特色的，为生存、繁衍、嬉戏而演绎的，花样百出的打斗、追逐、猎杀、撕咬。去看动物同类之间嬉戏时，表现出的各种憨态可掬，相恋相爱相伴的野趣原生态场景。我享受着自己有生以来从没有体验过的狂野风景。收获了我这个凡心俗人内心隐藏的野性的呼唤！激荡起了我更加敬畏生命和大自然的情愫，唤起了我那快要消失的浪漫情怀！让我好像突然喷发出一股莫名其妙的雄心……

▶ 坐在荒野酒店房间门口的走廊喝茶，也是需要胆子的。不过面朝"蛮荒"享受"宁静致远"，也感受下啥子"诗和远方"的"龙门阵"嘛！

▶ 乘热气球悬浮空中鸟瞰荒野大漠，远处近处尽收眼底。

▶ 我和女儿在热气球上。

▶ 在热气球上用手机对着近处和远处拍个不停！限于篇幅，只能点缀意思下。

▶ 动物迁徙的大景，也是只能点到为止。

◇ 干旱蛮荒风沙地 野生动物的天堂

▶ 野外看动物们的千姿百态，照片太多。因我这是游记，不是画册。限于篇幅，只放几张。

▶ 这照片还是起个名叫"要找到吃食也难呀"。

▶ 这可以叫"形影不离"或者"相亲相爱"了！

▶ 肯尼亚是世界上公认的野生动物的天堂。谁也没办法把有名有姓的动物都整进镜头。能收入文内的，都是图给文章添个色壮个胆嘛！

◇ 干旱蛮荒风沙地　野生动物的天堂

非洲人种起源早　原始痕迹却不少

——游肯尼亚之三

司机凯博尽管说是个兼职导游，但在陪伴游走的十多天时间里，也从历史、地理、人文景观等不同角度，让我们了解了好些肯尼亚的相关情况。外加行走过程中，我也尽力抓机会学习和实地了解，因此晓得了肯尼亚的好多常识。肯尼亚境内曾出土约250万年前的人类头盖骨化石，经考古学研究显示，肯尼亚也是人类较早的发源地之一。这是不容怀疑，已被世界考古学界证明了的，是千真万确的事儿。

肯尼亚大部分人口集中在首都内罗毕和其他几个大城市，如基安布、纳库鲁、卡卡梅加等地居住外，还有相当多的原住民散居在贫困的荒凉的原始环境中。

肯尼亚是多民族国家，语言分班图、尼罗和库施特三大语系。基库尤族为最大部落，约占总人口的17%，还有其他的族群，如卢希亚、卡伦金、卢奥、康巴等。同时，还有少量的如印度和巴基斯坦、阿拉伯和欧洲人。

▶ 因更换手机，不小心搞丢了好多现场照片，尽管痛心也无奈。此张"在村落同原住民互动"的留影，虽说画面模糊，但有自己的镜头，便加入文章给自己壮胆了。

◇ 非洲人种起源早　原始痕迹却不少

　　游走过程中的所见所闻，给我感觉尽管肯尼亚与整个非洲众多国家比较起来，发展程度还算排位靠前。但同世界上较先进发达的地方比起来，简直就不是一个概念，给人一种强烈的没处在同一个世界的感觉。我个人认为肯尼亚还是保留了较多的原始痕迹。

　　首先，从信仰角度来看，肯尼亚保留了好多原始住民那种原汁原味的信仰。不同地区和部落有不同的宗教信仰和风俗习惯。有的民族整体信奉一种教，有的以部落为单位信奉一种图腾。更奇怪的是，有的又以家庭或者个体为单位信奉一种事物。最奇怪的是信奉拜物教的家庭，有的信奉木偶人，有的信奉模型，有的信奉动物，有的信奉图案，有的信奉标记，并且忌讳探寻和拍照等。

▶ 这些土著人看起来穿着光鲜，实际上她们是为了表演的需要而刻意打扮的。现实生活中好多只挂了个不知叫啥的旧片片。

▶ 也打个捆看看。

其次，从生产生活方式和传统来看，保留的原始色彩也是非常浓厚的。当然人口密集的大城市，比如首都内罗毕和蒙巴萨、基苏木等城市还不明显，但离开城市百多里外的乡村或草原深处居住的部落，明显地就能感觉到原始的状态了。例如，从农作物的种植情况来看，完全没有现代农业的耕田状况。稍偏远点儿的地方，看到的劳动场景还停留在刀耕火种阶段。像处在草原或荒凉地带的村庄，就没有看见有任何能提供用于劳动的场地。看见的原住民要么就是用最原始的方式狩猎，要么就是在小规模放牧。由于我们游走的范围有限，看到的场景也有限，搞不清楚这些人是靠啥子在维持生活的。只是听导游讲主要靠狩猎生存。但导游又说现在联合国为了保护野生动物，正在出面干预狩猎。具体效果如何，就不得而知了。反正我们在这些地方的村子里看到的家庭，基本上都处于赤贫状态。

▶ 这个黑人小伙是位于肯尼亚境内安博塞利酒店旁一个自然村庄的村长兼导游，司机说是他的朋友。而黑人小伙说他是内罗毕大学毕业后回村发展旅游业的。他说，法律允许娶四个老婆，而他有六个老婆。他还让我到他家看看。这哪是家哟，就是一个矮棚子，门小又低，要蹲下近似爬才进得去，总面积不到十个平方。室内什么也没有，只有一堆干树枝。他说，树枝是垫着睡觉用的。

◇ 非洲人种起源早 原始痕迹却不少

▶ 也打捆看看，以破坏生态为代价，是维持生存的长久之计吗？

再次，从居住的状态来看。在大城市，能看到在成片的各式各样低矮的建筑物中有一些高楼层建筑外，其他地方，特别是乡村，就看不到任何现代化建筑。反正游走的十多天时间里，路过的所有地方，除了建在荒野沙漠里供游客居住的酒店外，我们看到的村落或者住宅，绝大多数都是低矮的像瓜棚样的房子。

▶ 成片住区和村里的房子都有了，也打捆看看。

另外特别值得一提的是，在十多天游走中，我发现，不管是荒凉处还是人口居住较为密集的地方，这里的人们好像经商的意识都比较强。不过，除大城市外，其他地方的经营场所不是地摊，就在泥巴路边上，售卖的物品也都是劣质装饰品，不晓得究竟能不能赚到钱。

▶ 有游客的地方，就有这些兜售装饰品的女人。

▶ 拿着物品售卖的手，伸进车窗。

▶ 物品不是拿在手上，就是摆放在草地或路边上。

当然，我们应该坚信时代在进步，阳光永远是灿烂的。本文描述的是几年前我看到的情况。人类社会尽管存在"弱肉强食"的状态。现在，像肯尼亚一样众多的非洲国家都有主权，追求美好生活是人类社会最原始的欲望。况且肯尼亚也不缺精英人才，我相信经过发展和努力，像肯尼亚这样的非洲大地上的人们的生活会越来越好！

▶ 相信阳光会永远陪伴这里的人们，用自己的双手去创造美好的生活。

◇ 非洲人种起源早　原始痕迹却不少

灵醒预设巧安排　祥云幻影助趣来

——游肯尼亚尾篇

▶ 非洲的天空之镜，也是变幻莫测的，竟然幻影出中国龙。

正值野生动物的迁徙季节，在肯尼亚观赏野生动物是非常刺激的事，肯定很有乐趣。对从没有体验过的人来说，吸引力当然大。特别是喜欢看《动物世界》的人，听说可以有机会身临其境看现实中野生动物迁徙的大场面，别提有多高兴了。我就是这种情况。回想女儿电话征求意见，问我愿不愿意去看野生动物迁移时,我毫不犹豫地连声回答"要去、要去",表现出来的急迫样,恨不得马上成行,生怕去不成的样子。就跟小娃娃一样,还没走,自己就把自己整"醉了",高兴了好一阵。

可真正行动了,对上了点儿年纪的人,身体能不能承受,也还是个考验。七八月份中国正是盛夏,我们拉着行李冒着酷暑赶车乘飞机,中途还要转机。到了肯尼亚休息一晚上,第二天就紧锣密鼓地赶往野生动物自然保护区,开始赏景了。

在野外观动物,并不是在国内大城市里的动物园,把动物关在固定的地方随便你看。野外求生的动物,没有固定处。特别是处在迁徙期的动物,特色就是数量多,随意流动。如果遇到狮子追、狼豹赶,疲于奔命的动物瞬间移动起来,在方圆几十里的范围内奔腾逃命,一会儿就消失不见了。

要想要安逸看巴适,就得不厌其烦地坐在越野车上随着动物流动而流动。刚开始很兴奋,又刺激,不觉累。连续几天下来,在没有路径的荒野上,车驰人颠跟着野物跑,又上了点儿年纪,疲惫劲儿就出来了。咋办?车费住宿费贵不说,又不可能退,而且来回往返的时间是卡紧了的。

好在女儿早有预案,自行租车便于安排,及时调整了游玩时段。在马塞马拉看动物大迁徙的第三天,察觉到我和妻子疲惫了,就赶紧同酒店和司机商量着调整,添加休闲内容,既不耽误赏景又兼顾了我们的体力。

▶ 住宿的酒店也还不错。

在马赛马拉草原和坦桑尼亚边境接壤处的马拉河观赏了动物大迁徙和著名的"天堂渡"景观。第二天,为了能在恢复体力的过程中,不耽误收获体验当地元素的机会,女儿又特意安排了草原野餐。让我和妻子在非洲草原的宽阔处览胜的同时,也好生体验了下在异国他乡的大草原搞野餐活动的野趣。

▶ 在这荒野中举杯,野趣无限。

▶ 大家在为丰盛的草原野炊忙碌着。

▶ 放两张野炊现场的照片看看。

◇ 灵醒预设巧安排　祥云幻影助趣来

▶ 为了野炊的安全，同行的当地人随时准备击杀来犯的野生动物。

参加草原野炊返回酒店，观看土著人表演节目到晚9点，回屋一觉到天亮。早餐后，乘车转换观景地时，沿途所见景观熏陶出的好心情，都让我激动不已。记得那天离开马塞马拉酒店是早上快8点，前往的目的地是安博塞利国家公园。路上除在内罗毕郊外午餐外，基本都是坐车穿越看景，几乎横扫了肯尼亚由北向南的沿途风光。那时中国援建肯尼亚的铁路还在搞路基，当我们的吉普越野车翻过援建铁路的路基转拐向乞力马扎罗山的方向，朝安博塞利酒店进发时，就见车窗前方天空在午后阳光明媚的闪烁下，飘浮着成片成片的云彩，在云彩裹挟中涌现出一道彩虹。又有一大片浮云像无数棉花堆积的山峰，在气流搅动中变化着模样朝着彩虹靠拢。只见这绵绵的云朵朝着彩虹腾挪，不知不觉中竟然幻化出龙头来，搅动着一片金色，疑似天女散花，伴随着太阳的光芒，龙头龙身直至龙尾悬浮天际，好像要在此处的天地中冉冉升起。见此情境，我祈盼在今后岁月里身披阳光，明媚雨露，笑傲江湖，永远飞翔在长空。啊！眼望着天空幻景，我有了奇想，我们刚跨这路基就能看到这云彩幻影如龙，难道是老天爷在向中国人示好？

▶ 这就是当时天空飘荡的祥云幻化出来的瑞气：高昂的龙头。

▶ 这样的祥瑞变化，谁又能说得明白。

奇幻伴随车轮转动，下午4点多，就到了乞力马扎罗山旁的酒店，稍事休息，喝了几口茶，5点50分时，女儿就催着说："今天预订的晚餐要6点准时开席。我们现在就去餐厅哈。"女儿说了，父母当然听令。起身跟着女儿到指定桌位，刚坐下片刻，就见随着轻音乐舒缓的旋律，十多个黑人厨师，由一个大厨领头排成队从餐厅一角鱼贯而出，一边手持不同餐具唱着歌，一边跳着舞绕场朝着我们落座的桌子走来，后边跟着端盆捧碗的侍从。"敲盆击碗"的声响和男女混唱歌声在到了桌子前就戛然而止，那大厨指挥厨师们摆好菜品和碗筷，就叽里呱啦说了一通祝福词，其话音刚落，厨师们一阵掌声带挥手表示友好后就迅速撤退，让客人自便了。

▶ 碰巧在这乞力马扎罗山边的酒店过生日，按女儿的说法也浪漫！所以"光盘行动"也光荣。

此时，我才如梦初醒，今天公历8月6号，是中国农历的六月二十三。哎哟！我咋把自己的生日都忘了。顿生欢喜，心情好得很。黑人厨师离开后，我马上对妻子说："还是我儿有孝心，还记得老爸的生日。"妻子嗔怪地瞪我一眼："耍疯了，连自己好大了都不晓得。"女儿赶紧接她妈的话说："我也记不清了。是妈妈给我说的。"又接着说："还怕吓到你，所以都不想给你说！哪晓得老爸还是懂事,晓得表扬我！""哈哈！哈哈！"随着笑声开始推杯换盏，席间我讲了路上看到祥云幻龙的事来，并将手机拍摄的照片给娘儿俩看。女儿见了照片拿起酒瓶给我斟酒，不忘幽默地对我说："您老人家尽管属龙，但从来沾的是地气，所以叫土龙。天上的是飞龙。算得上是你的兄弟伙，好像晓得土龙的生日，所以嘱咐祥云给你助兴！来，女儿敬祝土龙老爸生日快乐，干一杯！"妻子也捏着腔调凑趣："土龙干杯！"我还能说啥呢！干就干嘛！于是就边端起杯子，边应声着："来来来。为快乐，都干了！"随后，三个杯子碰在一起。趁着兴头，女儿又敬了我几杯。

▶ 人嘛，要像这铁合欢树那样，被风吹到那里都可以成为一道风景！这样"随遇"才可能方见"而安"。

华人重镇温哥华　位置卓越宜居地

——加拿大游之一

2023年伊始，因避寒，我在海南的清水湾陋室闲居，在享受这宜人天气时，常搭眼窗外阳光下的椰树林。由此勾起我曾在盛夏时节游历世界严寒国度之一的加拿大时的温馨记忆，激起我追写游记的兴趣。于是就有了朋友们正在阅读的以下文字。

那是2018年7月初的一天，我和牟晋军、黄正斌等三家共六人，在盛夏离开成都，从双流机场飞上海转机前往加拿大的温哥华，拉开了我们加拿大自由行的序幕。

估计好多人都知道，加拿大位于北美洲北部，东临大西洋，西濒太平洋，西北部邻美国的阿拉斯加州，南接美国本土，北靠北冰洋，是个南北温差极大的国家，南部最高气温可达40℃以上，北部最低气温低至零下60℃。它国土面积998万平方千米，居世界第二，总人口按2014年的统计只有3534万人，主要为英、法等欧洲后裔，而以印第安人为主的土著人，只有约150万人，是个典型的移民国家。

当地时间7月6日晚8点，飞机降落在温哥华国际机场。机场门口摆放着两个木人，它们伸出双臂夸张地笑迎过往的旅人。我们六人办好租车自驾游的各种手续，就驱车赶到早就在网上租好的房子。一切安顿好已是晚上10点。早上醒来，跨出房门一看，尽管第一次来，却有一种似曾相识的感觉，原来温哥华的居民区跟美国和澳大利亚的居民区味道差不多，都是具有独特风格的农村环境。

▶ 这就是我们还在国内就通过网络租下的民居。

▶ 这是温哥华居民区的照片。

温哥华位于加拿大的西海岸的入口，西临太平洋，常年受北太平洋暖流的影响，再加上东部连绵的落基山脉挡住了美洲大陆寒冷干燥的气流，因此这里形成了温带海洋性气候，夏天气温一般是20℃左右。好多华人移

民加拿大，大多都选择在温哥华落脚。据说，这里的华人总数已超 50 万，占比已超当地总人口的 20%。有的楼盘和院落，清一色住的都是华人。所以现在的温哥华，都被当地人称为华人重镇了。

  我们游走在温哥华，发现这里的餐饮业也非常发达。中国菜的各个菜系，都有各种名号、不同档次的店铺。世界其他地方的美味佳肴，也应有尽有。为揽客上门，好多餐馆都通宵达旦，灯火通明。

▶ 港口城市嘛，当然是会有码头。

▶ 这个城市周边的景色很是宜人。

▶ 站在旗帜下，表示来了。

华人重镇温哥华　位置卓越宜居地

温哥华是个很有魅力的旅行目的地。就自然景观来讲，夏天可以弄海、秋天可以看枫，冬季滑雪，春季赏樱。就人文地理景观来说，那就更多了，要概括那就是：从千米高山到天然海滩，从溜冰滑雪到千帆冲浪……万般风情汇聚此处，百般妖娆靓丽激情。具体景观要罗列名单，都是一长串，如斯坦利公园、加拿大广场、煤气镇、格兰维尔岛等。

我们首先来到了卡皮拉诺吊桥公园。这是温哥华最古老的观光景点，最突出的特点就是在峡谷两岸长满了有近千年树龄的巨型红杉。远看近看，每棵树都高大挺拔，奋力朝上数百米，给人一种恢宏壮阔、刺破青天的气势。人们就依仗这粗壮的树干，甩缆绳拦腰一捆，硬是架设出一座吊桥，为游客创造出许多的美好时光！

▶ 我站在林中公园,用手机拍摄纪念。

▶ 我们在吊桥桥头。

▶ 同行人都没闲着。

▶ 悬挂在树上的游玩设施。

◇ 华人重镇温哥华　位置卓越宜居地

站在英吉利湾远远眺望，目光可及温哥华休闲的生活节奏。散步、跑步、骑行、晒太阳的人们随处可见，处处洋溢着满满的悠闲自得、无忧无虑。位于市区的斯坦利公园真是很大，三面临海。再看著名的加拿大广场、会议中心、不列颠哥伦比亚大学等，具有代表性的景观工程，把这个本来就占尽海湾奇景的温哥华打扮得更加多姿多彩、夺人眼球、迷人心窍。

▶ 我坐在湾边的椅子上休息，眺望那远处的艳丽景观。

▶ 远远望去，这些风景都很惊艳。

美国接壤加拿大　游西雅图也行嘛

——加拿大游之二

▶ 这是我们三家六人在房车里聊天。余岚在镜头外服务哈。

我常听老婆说，她一位刘姓同学的美籍华人老公邱先生是学飞机制造的。中国刚改革开放时，就被总部设在西雅图的波音公司派驻成都132厂监造飞机部件。记得这刘姓同学跟邱先生还在耍朋友时，有次我和老婆在成都提督街碰到她，立刻两位老同学就挨肩搭背整得热络得很，到饭点时老婆还邀她共同进餐。这次做自驾游加拿大攻略时，得知温哥华距西雅图近，因为好多年前就听说了西雅图，就自然有了想要去看看的念头。所以安排在温哥华租车的目的，就是游了温哥华，好方便去游西雅图。

▶ 玻璃屋里的玻璃花好漂亮啊！

离开温哥华驱车进入美国，就往距边境约174千米处的西雅图市奔去，上午不到10点就到达西雅图，开始游玩了。

西雅图是美国华盛顿州第一大的城市。位于太平洋沿岸，普吉特海湾和华盛顿湖之间。西临奥林匹克山脉，东临华盛顿湖。西雅图在航天、计算机软件、生物信息科学、基因科学、电子设备、医疗设备、环境工程等方面处于世界领先地位。按2020年的统计，西雅图总人口374.3万，华裔占比约3.45%。

尽管西雅图这座城市很发达，但它的历史只有短短的150年。最初它源于一群移民从纽约来此安营扎寨，被称为拓荒者。原住民酋长西尔斯对到此的拓荒者持欢迎的态度。随着时间推移居民点规模大了，这些拓荒者就以酋长的名字叫这里为"西尔斯"，由于误传，叫成了"西雅图"。

我们首先来到世界级王牌网络企业亚马逊的总部游览，自然而然就被据说耗资 50 多亿美元打造的奇特建筑所吸引，情不自禁地用手机对着这些巨型物件，从不同角度一阵狂拍，很快就拍了好多照片，现就选几张放在这里，供读者朋友观看。

▶ 我在亚马逊总部的房子前留个纪念。

▶ 为多放几张照片，只好打个捆。

参观了亚马逊总部出来，又驱车来到西雅图最著名的太空针塔广场游玩。好多人排队购票要登太空针塔，去360度鸟瞰这座城市的全貌。我们一行六人来到太空针塔脚下反复观察后认为：这个塔尽管有名气，但比吉隆坡的双子塔差远了，连台湾的"101"和上海的电视塔都差一节，比成都市老东门猛追湾处的电视塔还矮，没有攀登的兴趣。于是，我们就来了个剑走偏锋，干脆购票去了塔下的另一景观——玻璃屋，去看玻璃艺术品。

不看不知道，一看就被这些巧夺天工的艺术品震撼。可惜因我脑愚笔拙，外加顾惜篇幅而无暇细腻描绘。再说，对于艺术品的感受，也是仁者见仁，智者见智，也就不便多说了。还是摆几张照片，以悦读者眼吧。

▶ 这就是著名的太空针塔了。

▶ 也打个桐嘛！

▶ 以下几张都是太空针塔下玻璃屋内的玻璃艺术品。照片无法看出效果,实况才震撼!

▶ 这朵玻璃花安在室外,快乐地同天空和建筑朝夕相处。

◇ 美国接壤加拿大 游西雅图也行嘛

▶ 把玻璃屋的门框和屋内的玻璃艺术品,也打捆几张赏析。

西雅图的黄昏斜阳西照,幻化出来的景色真是美得一塌糊涂。我们游走在波音公司总部飞机制造厂区旁边的湖岸一带,游人、行人在岸边的草地穿梭游玩,身影投射进湖中的水波里、抖落在岸边的路灯下、掩映在成片的树丛中,在晚霞的映照下,幻化出一个又一个、一组又一组、一幅又一幅神秘而迷人的画面来,美得悦目、醉得甘甜。给人乐不思蜀,流连忘返的感觉了。

是啊是啊,西雅图可玩的去处也够多了。除了上面已列举的著名景观外,像西雅图市内的水族馆、艺术博物馆、中央图书馆、华盛顿植物园、派克市场、林地动物园、瑞尼尔山国家公园等,好多景观都能让游玩者尽兴。要说出城外不远处可玩的景区,那就更多了,如斯诺夸尔米瀑布、德国村莱文沃斯、雷尼尔山、奥林匹克公园等,好多好玩的地方,要想细要安逸,再整两个月，估计也不够。但我们时间有限，同行三家六人在这里租车自驾游，租住民宿自采自烹同食一桌，三家各居一室共享一院，三车齐发共赏美景而早出晚归，满打满算只在西雅图耍了三天，我们就恋恋不舍地离开西雅图出境美国，再次返回加拿大境内，将车开到塔科马机场归还给了租车行后，又乘机朝着 700 千米以外的下一个游玩目的地——加拿大的卡尔加里市出发了。

▶ 在波音公司总部前的湖边公园耍了一下午，天都黑了才离开。

▶ 也把照片打个捆。

▶ 在市内逛派克市场时，也照个有特色的。

◇ 美国接壤加拿大　游西雅图也行嘛

鸟瞰航赏落基山　傍牛仔城看了看

——加拿大游之三

我们离开西雅图在塔科马机场将租车还了后，就乘飞机朝着700公里外下一个游玩目标：加拿大的卡尔加里市出发了。

卡尔加里又称卡城、牛仔城，位于加拿大艾伯塔省南部的落基山脉，是加拿大第四大城市，也是世界上最富裕、安全、幸福和拥有最高生活水准的城市之一，曾连续多年被《经济学人》评为全球最宜居城市前五。

卡尔加里名字是"清澈流水"的意思。18世纪70年代，就有欧洲殖民者在此定居，后来成为西北皇家骑警的驿站。当年，加拿大的太平洋铁路修建到这里后，开始逐渐发展为城市，成了现在加拿大经济活力最强的地区之一。经济领域涵盖能源、金融、运输、旅游、制造业、高科技、影视制作和医疗卫生等等。

卡尔加里的旅游资源非常丰富。它不仅依托加拿大落基山脉和滑雪胜地等元素吸引游客，而且还善于利用历史特性的西部文化来制造亮点，吸引世界各地游客"到此一游"。这里之所以又叫"牛仔城"，就是因为在加拿大全年最佳游览季节的7月份，卡尔加里市都要以"探索西部精神"为主题举办以牛仔竞技表演为主的牛仔节，以此聚集世界各地顶级"职业牛仔"于一堂，来产生轰动效应推动经济的发展。据说，仅在牛仔节期间就能吸引上百万人次来这里旅游。我们到这里来，其中一个原因，也是想来看看专业牛仔的表演。

▶ 在塔科马机场大厅，就被这张照片中牛仔的彪悍形象所吸引。

▶ 候机楼不仅墙上悬挂牛仔照片，就是供旅客休息的椅子旁，也摆放着牛仔和骏马的雕塑。

◇ 鸟瞰航赏落基山　傍牛仔城看了看

▶ 在机场候机楼看到这幅落基山景观的宣传照，被照片中的景色吸引了。

我们乘坐的飞机飞越落基山脉，到达卡尔加里市。7月份是加拿大最佳的游览季节。落基山脉的上空，真是晴空万里，视野开阔，能见度好得出奇。哪怕航行在近万米的高空，我透过舷窗俯视，也能清晰分辨那地面上的物体。虽说无法停留驻足细观，但俯瞰展望，雄伟奇峰，壮丽无比。浩浩荡荡，大景盛美，堪比仙境。真让我心情激动。

整个落基山脉分布范围很广，是科迪勒拉山系中的一座名山，有美国落基山和加拿大落基山的区分。从空中观察，我觉得加拿大落基山脉确实是一处可以膜拜的罕见仙境。只有亲眼见了，你才能体会到造物主的神奇，天地的广阔和人类的渺小。在这里可以看到无数的原始森林、冰川、瀑布、河流、湖泊、温泉……

我一直盯着窗外，鸟瞰远眺，极目远望着那晴空下能清晰可见、又随机变幻的风景：荒野群山挺拔险恶，绵绵延延，浩浩荡荡。薄雾陪伴着冰雪，在山峦的峰顶纠缠，时不时地将经不住阳光爱抚而激动淌出的泪水，汇集成若干的湖泊，在太阳的照耀下，白色的雾气飘荡。劲峰高耸、人迹罕至，青绿时时点缀其间，飞机下茫茫无际，尽管苍凉，但有古树参天，看似险山恶水，可能藏宝无限。占有此地荒凉山峦控制权的人们，真的是拥有太多的资源。风景无限好，蛮荒变美妙，悬空极目远眺，天外还有天。

▶ 坐在机舱内用手机对准窗外的落基山脉拍摄的图片，也是惊艳。

▶ 以下几张都是用手机拍摄的落基山脉照片。

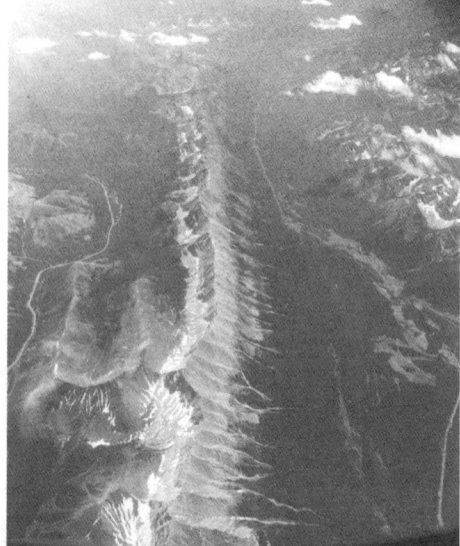

◇ 鸟瞰航赏落基山 傍牛仔城看了看

▶ 为节约篇幅，也打捆放几张了。

　　飞机在群峰耸立的落基山脉上空航行两个多小时后，开始盘旋降落。地上的建筑物层层叠叠，由小变大，更加清楚地、毫无掩饰地展露在我的眼前。啊，原来卡尔加里这座城市在落基山脉的缓冲地带，以终年不化、

205

蔚为壮观的雪山为背景，像一只巨禽，展开双爪迎向远方，好似正在迎接来自世界各地的客人。

　　飞机在轰鸣声中徐徐盘旋，终于在下午3点左右缓缓地降落在卡尔加里的机场。我们到达后得知，正在举行的牛仔节已接近尾声，重头戏露天牛仔表演早已收场。现在还有余温的活动是以售卖汽车、电器、娱乐制品为主的博览会。虽说遗憾，但没看牛仔表演，看看牛仔城也不错。于是就临时"打的"，坐车巡游，闪过弓河、格伦牟水库、科学馆、动物园、清水市场等大街小巷或旅游景点。5点后，六人再次碰头，商定早点收工休息，好保存精力，期待明天去游玩驰名世界的加拿大班夫国家公园。是啊，班夫国家公园的大景才是重头戏。于是，一行人落定民宿，在游玩美景的期待中，各自休息，一宿好梦，自然无言！

▶　飞机降落在卡尔加里的机场。

▶ 在卡尔加里同朋友闲逛的情景，也打捆做个纪念嘛。

▶ 在卡尔加里租车穿梭，闪过弓河、格伦牟水库、博物馆等处后，就收工回民宿休息了。

◇ 鸟瞰航赏落基山　傍牛仔城看了看

班夫连绵贾斯珀　风光旖旎山水绝

——加拿大游之四

▶ 我这个老头就是和这几个70后、80后游的加拿大。这是在班夫公园内照的。

落基山脉被加拿大划定为公园的景观众多。最有特色、最具代表性的是班夫国家公园，其次就是贾斯珀国家公园。

班夫国家公园是加拿大第一个国家公园，建立于1885年。它是世界级的旅游胜地。距卡尔加里130多千米，是落基山脉的东麓，总面积6666平方千米。公园内有一系列的冰峰、冰河、冰原、冰川湖和高山草甸、温泉，景观奇独秀丽，居北美大陆之冠。

为了好好游览这一胜景，在国内时，几个同游年轻人就预租了房车，计划在景区内自由自在地好生耍几天。在卡尔加里休整后，就赶到租车行选了房车准备出发了。

▶ 只要给钱，租车行的房车任你选。

▶ 这款房车适合野外旅游，一家人吃住方便，还很宽敞。

从卡尔加里开车近两个小时，我们首先到达班夫小镇，采购了游玩必需的食品原料和各种用品。这个小镇常住人口上千，跟四川九寨沟景区前的服务小镇一样，功能是为游客提供相关的服务。打眼望去，规划布局合理，建筑物讲究色彩搭配，艺术气息较浓，同景观融为一体，有雅致舒服的感觉。不同的是，国内景区小镇到处都是吆喝声，杂乱无章中充斥着闹腾。而班夫小镇也是接待各国游客，核心地段也是人潮如织，却显安静祥和，热闹有序。

▶ 刚进班夫小镇看到的建筑物。

▶ 小镇上的营业区域也能成景。

▶ 对小镇也打捆放，作为参考哈。

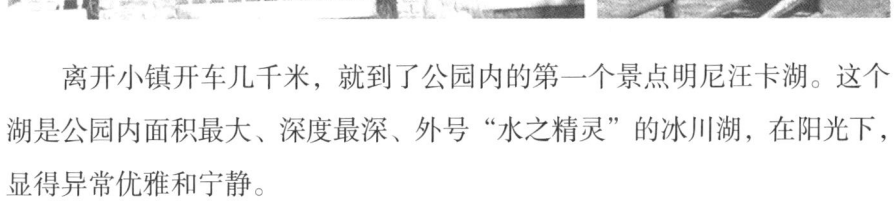

离开小镇开车几千米，就到了公园内的第一个景点明尼汪卡湖。这个湖是公园内面积最大、深度最深、外号"水之精灵"的冰川湖，在阳光下，显得异常优雅和宁静。

▶ 湖面很大，照片只是一个角落。

▶ 换个角度看。

▶ 再换个方向看。

▶ 静静地,一切都安好!

班夫连绵贾斯珀 风光旖旎山水绝

▶ 人和动物各耍各的，互不打扰最好！

紧挨着明尼汪卡湖的是双杰克湖。据说，是因为过去有两个垂钓者来自不同的地方，名字都叫杰克，于是相约在此举办赛事邀请官员评判，结果不分输赢打成平手。因这场比赛，这湖就命名为双杰克湖了。湖很美，也分享几张照片。

▶ 宁静的双杰克湖。

▶ 正因为宁静,不致远就挨着坐,高兴了就随时躺下。

▶ 这群人正在探查哪个角落适合安放钓竿,好让鱼儿上钩。

◇ 班夫连绵贾斯珀　　风光旖旎山水绝

▶ 不用多说，这里就是垂钓的好地方。

再往前行 50 多千米又是露易斯湖。因湖水富含矿物质，在阳光照射下呈深蓝色。整个湖泊清澈见底，犹如一块巨大的蓝宝石镶嵌在群山之中。微风掠过湖面，波光粼粼。扬名全球的费尔蒙露易丝湖城堡酒店就屹立在湖泊边显著位置，给人君临城下的感觉。

▶ 这地方太迷人，进来了就想留下纪念。

▶ 被阳光照射下的湖面一角显得很宁静。

▶ 湖的边缘挤满了人。

班夫连绵贾斯珀　风光旖旎山水绝

▶ 这地方，不仅我这样的老外喜欢，当地的人也经常来，还兴致勃勃，站在湖边就不想走。

▶ 要住这酒店，不仅一晚花费上万元，而且要提前个把月预订。

▶ 经这小桥要走了，转过身再闪一张。

▶ 尽管手机照的，外加水平不行，还是要打个捆。

在班夫国家公园的山川湖泊中，梦莲湖也是景色秀丽、风光旖旎、魅力四射。爬上湖口处的小石堆，整个湖泊一览无余。雪压着险峰，山招来树绕，树又被藤缠。在风的轻拂下，高山陪伴着太阳抚摸的光雾，将自己

◇ 班夫连绵贾斯珀　风光旖旎山水绝

219

的影子映进湖里,好似诉说自己不甘心,但又无法避免雪花、大树、雾气压榨,不得已将这份哀怨演绎成梦幻的画面,叫游人见了顿生怜悯之心,不舍离去。

▶ 尽管同行的都比我年轻,稍耍累点儿就不想动了。还老爱跑前头,只有自己跟自己整两张"大头"照了。

▶ 既然叫梦莲湖,就总会有成双成对的人在这里寻梦嘛!

▶ 这群人准备冲了。

◇ 班夫连绵贾斯珀　风光旖旎山水绝

▶ 湖面像镜面，总是毫无怨言地接受众山和树们的投影，美得一塌糊涂地去勾搭游人。

进入公园后，我们就在景区不同的地段走走停停，耍耍拍拍。坐车观察这些沿途险峰激流，在时光的冲刷下，鬼使神差地顺势幻化出原始莽林、高山草原的同时，又滋生众多湖泊、瀑布、溪流，再经寒冷低温逼迫，变成冰川、冰河、冰湖等千奇百怪的景观。就这样，全天下来单边行程300多千米。结束后就一头扎进房车营地，与来自不同国家的游客做起了邻居。第二天，一觉醒来，再投入贾斯珀国家公园的怀抱，让眼睛和心灵，继续接受美景盛宴的洗礼。

▶ 忍不住,老想把美景收藏起来。

▶ 路过的风景。

班夫连绵贾斯珀　风光旖旎山水绝

▶ 这山漂亮。

▶ 阴面残留的积雪，怎么看都像四脚蛇伏躲在山沟暗处。

▶ 捆起来看看。

▶ 下午 5 点多就到房车营地，准备晚餐好生休息了。

▶ 在两个公园住四晚耍五天，都是随车自备自烹餐饮，还可以，有家味。看到几个年轻人我就只剩高兴，一路遇事不让我沾边，处处关照我这个老年人。

▶ 邻居家氛围也很好！

班夫和贾斯珀，真似一对青梅竹马的情侣。班夫伟岸壮阔，贾斯珀尽管不失壮硕，但云雾缭绕，好似身披一层白纱，分外妖娆。它们同时代诞生，山脉贯通，相拥互吻。贾斯珀迷人醉人，如同班夫的"恋人"。为啥呢？贾斯珀随处可见羊、熊奔跑，禽鸟翻飞。这多像勤劳的女主人管理的家园。

我们晨起餐后就马不停蹄地游玩，心情好得不得了。近黄昏，到另一端的房车营地，晚餐后，也要到周遭转转。啊！美景太多，叙述不完。篇幅太长，写、看都烦。只能草草收笔，再放几张照片看看。

▶ 同班夫的山比，贾斯珀的山雅味浓浓，千娇百媚。

▶ 贾斯珀的山温润如玉。

▶ 贾斯珀的山。

▶ 贾斯珀后院动物多。

▶ 打捆看。

▶ 我们继续行走在似画的"仙境"中。

◇ 班夫连绵贾斯珀　风光旖旎山水绝

魁北克到多伦多　蒙特利尔居中嘛

——加拿大游之五

▶ 飞机徐徐降落，"小巴黎"魁北克市就在下面。

游完国家公园返回卡尔加里机场，将房车退还租车行已过中午12点。餐后我们立刻乘机前往魁北克市，在魁北克机场旁的租车行取到车，前往民宿安顿下来已晚上12点了。第二天众人议定，在魁北克市的古城区好好玩一天。

▶ 到了魁北克市已是晚上．第二天，早餐后就在古城区走走看看……

▶ 这个古城区被联合国教科文组织列入《世界遗产名录》。

魁北克市位于圣劳伦斯河与圣查尔斯河的交汇处，兴建于18世纪。是北美最古老的城市之一，也是北美堡垒式殖民城市建筑的完美典范，更是加拿大东部最重要的港口城市。虽然长期以来受英国人的统治，但现在的居民绝大部分却说的是法语。魁北克省面积166.7万平方千米是加拿大最大的省份，总人口823万，这个省超过80%的人是法国人的后裔。魁北克市法国后裔居多，因此好多熟悉这个地方的人，又叫魁北克是法国的"飞地"，看来也是有道理的！

魁北克市的地理位置优越，景色迷人，特点突出，古城区被联合国教科文组织列入《世界遗产名录》而加以保护。我们一行也是兴致浓浓地在此驻足游玩了一天。

▶ 正因为有这样的老建筑物"震场子"，被评为"世界文化遗产"才当之无愧。

▶ 发些照片来养眼。

第二天早餐后，我们告别了魁北克市，驱车两个多小时，来到蒙特利尔湖畔，住进预定好的当地民宿，开启了对蒙特利尔市的游览赏景。

蒙特利尔市，又称"满地可"。地处加拿大的魁北克省西南部圣劳伦斯河中的蒙特利尔岛及周边的小岛上，是加拿大魁北克省的经济中心和主要港口，也是这个省面积最大的城市，人口410万。这个城市曾经是加拿大的首都。现在也是加拿大重要的教育、科技、文化基地，是加拿大的第二大城市，地区生产总值位居全国第一位。同时，蒙特利尔还被称为是北美的浪漫之都，素有"小巴黎"之称。我们到老城区游走，所见影院、剧场、博物馆、体育场等建筑，都比路过的其他城市规模大、数量多。难怪人们都叫它艺术之城。

▶ 湖水也还是要奔海去。

▶ 蒙特利尔市的街道也很漂亮。

▶ 唐人街的牌子好像是一个模子倒的,蒙特利尔"唐人街"招牌跟美国的旧金山、澳大利亚的悉尼、法国的巴黎等地的唐人街招牌都差不多。一看就是华人聚集的地方!

▶ 市中心的这些建筑远眺也冒尖。

▶ 走在小巷抬头望。

◇ 魁北克到多伦多　蒙特利尔居中嘛

▶ 连带周边景观也打个招呼露下脸。

在蒙特利尔的老城区游走后，我们就乘车游览市容。直到晚上，返回民宿休息。第二日，晨起餐毕已上午9点多，才驱车离开住宿地，驰往下一个城市多伦多去赏景了。

到了多伦多已经是下午3点多钟。仍是老规矩，先到民宿安顿下来，把肚儿整圆，才说耍的话。午饭晚餐合并成一餐，众人都勤快内容肯定是丰富多彩的。辛苦啦，举个杯！欢声笑语享安然。酒足饭饱快6点。趁着晚霞没落山，一行人以步代车，在驻地周边走了走，这真的是打着饱嗝赏街景。

▶ 看多伦多，自己先把姿态摆好……

▶ 多伦多也有很多老建筑。

▶ 看到这些艺术品似的建筑物，不留个纪念照都不行！

▶ 打个捆，给阅读者来点儿眼睛的享受。

多伦多是加拿大的第一大城市，更是加拿大的政治、经济、文化中心，是著名的国际化大都市。从旅游角度来看，这里的最大特色，就是多元的族裔。整个城市的600多万总人口中，有来自世界各地100多个民族的移民。移民的数量占这个城市总人口的49%。因此，在这里能听到140多种语言，诉说着这个城市的精彩。

我们在多伦多逗留时，第一天就安排到相关景观游览。多伦多是国际化大都市，城市的区域之间相对宽泛，景点与景点之间距离也不紧凑。城市景区是点位多，但基本上都是侧重人工制造。像我这种在国内爱逛图书馆、博物馆的人，到了加拿大这种都是外文的地方，就是进了博物馆之类的场所也是睁眼瞎，看不懂，所以就免了。只选择些偏重于自然景观和标志性的建筑景观游览。走走拍拍，也有了些照片做纪念。

▶ 爬到多伦多市中心的高处往这条通往市政广场的大街瞧瞧，街头街尾状态一清二楚。

▶ 对好景就是舍不得。

行走世界 览藏好景 第一辑

▶ 加拿大国家电视塔高553米，是多伦多的地标性建筑。

▶ 把周边景观放在一起看。

　　逛了景，几位女士想购物。我不喜欢逛商场，还想去看一些有味道的景。第二天，我们六人就兵分两路，自由选择了。异国他乡三个女人单独走，大男人们不太放心。暖男黄承斌，自告奋勇愿随女士去购物，做"保护神"。牟晋军会英语，就陪我这个不懂外语的老者去看风景了。于是，我俩商定，先去看卡萨罗马城堡，再去看加拿大国家电视塔。

　　我和牟晋军上车后不识路就靠导航。点开导航输入地址，屏幕跳出外文。在书写时不小心少点个字母还不知道，这真叫差之毫厘，谬以千里！两人兴冲冲，跟着导航走。眼瞅窗外异国景，随趣聊天兴味浓。毫无感觉走错路，陡然醒来笑死人。本来想到离城不远的景区，结果跑了几个小时还没到。驻车细查，发现已跑到紧挨美国的边境线。心想游玩嘛，没有非要咋整。随境调心，干脆将错就错，就近找个小镇看看也行。于是就这样东走走，西荡荡，赶早不赶晚，又在随遇而安的氛围中愉快地度过了一天。

▶ 误撞误打跑到了边境线，看到牌子上的外文，听说译成中文叫敦山镇，去看看，定会乐趣多多！

▶ 边境小镇嘛，那就进去了。

▶ 从小镇返回多伦多市，进出都要走这条大道，沿途也很漂亮！

赏瀑布飞珠溅玉　品玉液滨湖小镇
——加拿大游尾篇

我们早餐后9点多离开多伦多，驱车两个多小时来到神交已久、举世闻名的尼亚加拉大瀑布。

尼亚加拉大瀑布位于加拿大安大略省和美国纽约州的交界处，是三座位于尼亚加拉河上的瀑布的总称，号称世界七大奇景之一。

我们先从尼亚加拉大瀑布上游大约3千米外的高坎处，将车开到离瀑布约2千米的停车场停好下车。然后沿着瀑布上游尼亚加拉河岸行走，欣赏着河水由高到低，由平缓到湍急、到疯狂跌落的全过程。最后伴着加拿大一侧酷似闷雷的瀑布吼声，步行到达可视度较好的观景台。

为了给读者朋友一个上游的直觉感受，就先放几张我们刚到河面宽阔处拍的照片。

► 这张照片中河面距离下游的瀑布还有2千米。

► 宽阔的河面中心偏右侧的崖壁似墙一样,将平静水面阻拦,激起旋涡。

▶ 激起水波粼粼，在另一梯面蓄足水量后，由缓流渐变为急流向下奔去。

▶ 这就是落差形成的无数急流。

◇ 赏瀑布飞珠溅玉　品玉液滨湖小镇

▶ 打个捆看看。

我们沿着尼亚加拉河岸往下游走，眼望对岸美国境内的月亮岛，急流流淌在不足 2 千米长的河段里，以每小时 35 千米的速度奔流，冲下悬崖至下游重新汇合后，继续形成几千米宽的河面，绕着河中央突然横亘水面像堵墙似的断崖，打着漩儿急剧奔腾冲撞，澎湃怒吼，震音如雷。急流翻卷吐浪，顺势如蛟龙跌落，飞珠溅玉，几十米的落差，甩出这壮观无比的尼亚加拉大瀑布奇观来。

▶ 拉近看河面中似墙的断崖漩流的画面。

▶ 急流正在猛进。

◇ 赏瀑布飞珠溅玉　品玉液滨湖小镇

247

▶ 陡然跌落成瀑布。

▶ 退远点看到的瀑布。

▶ 也打捆放几张不同角度的看点。

◇ 赏瀑布飞珠溅玉　品玉液滨湖小镇

先看加拿大一侧，因外表形如一个马蹄状而被称为"马蹄"大瀑布。这个瀑布好生了得，宽约675米，落差56米，好似一幅白色的纱幔，悬挂在这河与蓝天白云之间。又像一群惊怒冲冠的巨蟒狂兽，不顾一切地冲下悬崖绝壁，伴随怒声震耳欲聋，漾起漫天水汽，在阳光灿烂中，升腾翻飞幻化出七色彩虹来。而带着强力冲劲跌落水潭的主体水幕，在峡谷底舞动跳跃，演绎出世界上最狂野、最恐怖、最危险的旋涡急流，朝着远方流淌而去。

▶ 这几张都是我现场用手机拍摄的加拿大一侧的马蹄形瀑布照片。

▶ 这几张打捆照片说的是配套设施游玩的情况，都是我现场用手机拍摄的。

再说美国境内的美利坚瀑布，由山羊岛隔开着。另一个叫新娘面纱的瀑布也在美国境内，被月亮岛隔开了。从加拿大一侧看去，尽管说也能看到全貌，但同"马蹄大瀑布"比较起来，宽度和气势都差远了。因此，我们也就没绕道到美国一侧去看这两个瀑布了。不过这几个瀑布的高度和宽度是随水量的变化而变化的，其水流源头同出一处。但是尼亚加拉河床的水倾泻而下时，据说只有不足10%的水流经美国的两个瀑布。超过90%的水是从加拿大一侧的瀑布流过的。尽管说美国这边的瀑布小点儿，站在加拿大境内，我用手机也远程拍了几张纪念照片。

◇ 赏瀑布飞珠溅玉　品玉液滨湖小镇

▶ 这是美利坚瀑布。

▶ 这是我站在塔顶用手机摄的三个瀑布的全貌。其中"马蹄大瀑布"只有三分之一能看得到，而"新娘面纱瀑布"就显得更小了。

▶ 这些游客也喜欢集体留个纪念。

观赏了瀑布，我沿着河边往四周望去，看到加拿大和美国都利用尼亚加拉瀑布的景观，建设有一系列的游乐设施，供游客游玩。加拿大一侧开辟的是维多利亚女王公园。在美国一侧的叫尼亚加拉公园。瀑布四周还建有四座高塔，游人可乘电梯登塔，瞭望全景。不过，只有在加拿大境内，才能完整地观赏到瀑布的壮丽全景。

▶ 这是加拿大一侧的维多利亚女王公园的相关建筑物。

▶ 从加拿大一侧看对岸，那是美国境内尼亚加拉公园的建筑。

接着，我们驱车10多千米，来到被誉为加拿大最美小镇的滨湖小镇。午餐休息后，出门漫步赏景，作为此次加拿大游行程中最后一站。

滨湖小镇也叫巴特勒堡，环境和景色优美。这是个濒湖小镇，有适宜种植水果的土壤，特别是葡萄，20多家葡萄酒庄连网成片地镶嵌在这绿色的海洋里，不仅使这里成为加拿大的水果中心，而且小镇酒庄生产的冰酒闻名于世。

我们游玩在这里，从湖畔望去，对岸的美国，也显得优雅宁静。

▶ 对岸是美国的地盘。

◇ 赏瀑布飞珠溅玉　品玉液滨湖小镇

收回目光看眼前，我们顺着小镇走去。觉得这个小镇虽说是很漂亮，但也太小了。只有一条主街叫皇后大街，显眼的建筑物如威尔士王子酒店、钟楼、萧伯纳雕塑、罗马教堂等景点，间杂在一众商店铺面中，为小镇的沿途风景增了色。

▶ 以下的照片，都是我用手机在小镇现场照的，就不一一讲解了。

▶ 朋友们在湖边耍得很起劲。

▶ 到葡萄酒庄品酒后，站在葡萄园里也留个影。

尽管赏景之心收回困难，但返程飞机已在空中盘旋。是啊！景好也是别人家，走走看看也算了个心愿。还是回屋睡个好觉吧。

▶ 到酒庄品尝酒出来，也留个影。

◇ 赏瀑布飞珠溅玉　品玉液滨湖小镇

▶ 再看看留影效果好不好！

▶ 在湖畔耍到黄昏了。

本文为这次游加拿大系列的尾篇。也说点儿结束语、随感了。此趟加国自由行、深度游。主要特点就是租房车、住民宿，吃住自理，如同居家。这样子旅游好处多多：一是自由度高。全程除了同行朋友，没有外人掺和。二是很好控制成本。租民宿没有宾馆贵，条件也很好。只是少了宾馆所谓的服务。三是租房车，吃、住、行一条龙自己处理，丰俭由人。好处还能扒拉很多，就不再说了。在国外要成行，最关键的，就是要搞得定沿途的手续和交流。我们同行的六人，只有我年纪大点儿，其他五人都相对年轻，而且四个会外语。对我这样退休老人偏难的事儿，同行者都帮我搞定了。我体会最深的是：到异国他乡旅游，要想吃好耍巴适，组建"老、中、青"的团队很重要哟！

老挝是个风景秀丽、山川迷人的地方

我们这次是应友人邀约相聚游老挝。友人本来就在旅游公司工作,因此出游时间和路线也由友人代劳了。我们乘中巴沿13号公路只游了万象、万荣到琅勃拉邦沿途的定制景点,行程很短,严格意义上讲,只走马观花似的路过了老挝六分之一的中寮地段。对我来说,虽然是参团随游,但一路走来也很有感觉。

这里的风光秀丽,只要你身临其境,就会给你误闯仙界的感觉。按下万象、万荣和琅勃拉邦几个人居城市不表,光走马观花、车览沿途、视线所及的风光就让我拍案叫绝。出万象城直奔万荣,一路是平原和浅丘地带,十三号公路透迤其间。沿途的民居随意散落在树荫或竹林中,随手将一片片披着绿衣的稻田推向远方,无意中抹去了因陈旧或粗糙带来的灰色。同时,为了表示自己并不甘愿放弃梦想,又时不时抛出一栋又一栋别墅似的建筑杂列其中,给人新旧交替,新鲜涌动的感觉。浅丘风景就不细说了。只想重点说一下我对从万荣到琅勃拉邦沿路风光的感觉。

首先,形状独特的山就为老挝的风景奠定了美的格局。中巴沿着宽阔的十三号公路前行4个多小时,走了近180千米,才从万荣到达琅勃拉邦市。其中,出万荣经普琨至仙恩的百多千米路的两边,基本上都是相距几千米处才是山峰。坐在车里向外望去,只见远处那山峦重重叠叠,高低错落,跌宕起伏，绵绵延延，在云缭雾绕中，忽而消失在视线之外，忽而又闪现在你的面前。只见那在万亿年前因造山运动演变成喀斯特形态的高山，有的将自己那险峻的巨石推升到几百米的高处，有的将自己笔直的岩峰抬高到上千米的地方，更有甚者摇头摆尾地飞跃到几千米的高空，好似相互争奇斗艳，非要比个你高我低。那攀附在山体上的各种树木，有的挺胸展枝扶摇直上几十米，站在高处目空一切，唯我独尊；有的挤成一堆，你拖我扯，抱团扭打，好似对外宣称：不是同类，休想靠近；有的干脆就跪地求生，匍匐前行，冷不丁来个探头争宠，抢夺新春。我所见老挝绝大多数山的形状都是千奇百怪，林林总总，天生就为这里的美奠定了格局。

其次，水映奇峰，又为这里的美景平添了几分浪漫的仙气。老挝的山多水也多，水绕山流，峰回路转，山的雄伟在水里形成倒影，远远望去，把山峰装扮得娇艳无比，在阳光的直射下，水中的倒影卖弄风情，妩媚妖娆。更为讨人喜欢的是，当晨曦初露之际，水雾弥漫开来，缠绕飘浮，忽而漫步山腰，白茫茫铺天盖地罩住一切；忽而又在微风的吹拂下慢慢升腾至高峰，与那山崖、大树、岩土、峭壁拥抱亲吻，缠绵悱恻，荡漾成好一幅仙境，使人见了，无不为之动容，心中呼喊：这里的山呀，这里的景，怎么会这么勾人，就如同见到了自己朝思暮想的梦中人。

再次，老挝的美景面广点多，游走在这里的美好时光中，无意中就沾上了仙气，飘逸优雅的感觉让你哪舍得离去哟。

琅勃拉邦经历法国的殖民统治后，休闲风尚渐成气候。光阴荏苒，1995年联合国教科文组织将这里列入《世界遗产名录》，加以保护。

发源于我国青海唐古拉山、流经亚洲六国的湄公河，在老挝境内奔走近千里，不仅泽润了一方水土，还为沿途带来无限的风情。

另外，一些以历史遗迹、古典建筑、独特地貌为主体的景点就更多了。比如，万象的西萨格寺、塔銮、凯旋门、南俄湖，万荣的蓝色潟湖、坦江溶洞，琅勃拉邦的普西山、香通寺、大皇宫、光西瀑布、原始森林，等等。话说出门旅行，人上一百形形色色，各自的学识、修养、爱好、阅历等，都不尽一致，这就意味着各自观景赏物的标准也不一样。反正我自己觉得

◇ 老挝是个风景秀丽、山川迷人的地方

老挝的风景美得自然纯净、原汁原味。身临其境，不是靠旅游广告那种鸡汤文案能获得安慰的，总之，我被吸引住了，有机会还得来。

下面就放几张随拍，给朋友们添点儿笑料。为啥？因为这次是随风飘来，又随风飘过，时间和地点都由不得自己。照片全是手机拍的不说，大部分还是坐车隔窗在车急速行驶的状态下拍的。试想，在人情礼节的包裹氛围中，随团而行，见了好景，正想抢点，可树掩物挡，没有任何尽善可言。

不用啰唆，下面就是照片了。

▶ 一组随拍。

◇ 老挝是个风景秀丽、山川迷人的地方

一个由恶龙庇佑的地方：印象中的斯洛文尼亚

在斯洛文尼亚有一个古老而充满爱意的传说：在遥远的古代，这里的天空盘踞着一群喷雾吐火的恶龙。一天，恶龙同彪悍的入侵者战斗，恶龙的首领不幸负伤从天空坠落在河岸边。一屠夫见状，急忙将自己宰杀的牛羊献给受伤的恶龙。众人闻讯后，也纷纷杀鸡宰羊，献给恶龙。人间的浓浓爱意使恶龙很快养好了伤，强健了体力，重回天空，赶走了外敌。恶龙感谢人们恩德，担当起守护这方大地的重任。从此，人们就在一片祥和环境中繁衍生息。现在，斯洛文尼亚首都卢布尔雅那最宽敞的一座桥就叫恶龙桥。四条铜铸巨龙耸立桥头，审视着过往的一切。为传承爱意和善良，人们在恶龙桥下游建了屠夫桥，桥栏上挂满了象征爱情的情侣锁。为了表达让爱充满人间的良好愿望，人们不仅将"爱"字当成自己民族的符号，而且将国家名字也冠上"爱"字，"斯洛文尼亚"，在当地语言中就是爱的意思。首都卢布尔雅那的别名也叫为"爱城"。这虽是神奇的传说，但听了确实爱意浓浓。

2019年10月10日，我们乘机经多哈转飞威尼斯，11日，乘大巴到达斯洛文尼亚的首都卢布尔雅那时，已是当地时间11点半了，这算是拉开了我们这次巴尔干半岛二十天游的序幕。

斯洛文尼亚是一个位于中欧南部，毗邻阿尔卑斯山的小国。国土面积

2.03 万平方千米，全国总人口 212.4 万人。首都就算是全国最大的城市了，国家虽然小，但风景确实好。到此一游，不虚此行！

▶ 在多哈转机。

▶ 在威尼斯小镇住一晚，晨起餐后乘大巴直奔斯洛文尼亚。

▶ 要进斯洛文尼亚的首都卢布尔雅那，先得接受恶龙的检阅。

◇ 一个由恶龙庇佑的地方：印象中的斯洛文尼亚

▶ 屠夫桥上的雕像。

▶ 年轻人在挂满了情侣锁的桥栏处尽情地弹唱谈笑。

▶ 骑警在大街小巷巡逻。

▶ 有人保护，就尽情歌唱自己美好的生活吧。

▶ 以下图片都是我在卢布尔雅那市用手机拍摄的，仅供观者抿嘴一笑了。

◇ 一个由恶龙庇佑的地方：印象中的斯洛文尼亚

265

▶ 离开首都，又乘大巴来到布莱德湖，这里的风景确实少见。

钢铁硬汉铁托的故乡：克罗地亚

在我们中国，只要是五十岁往上的人，对南斯拉夫的铁托，都是多少有所耳闻的。

铁托那种宁折不屈，钢铁硬汉的行事风格，是留给克罗地亚民族的一笔精神财富。今天的克罗地亚人也继承了铁托的这种精神，敢打敢拼，勇往直前。

克罗地亚总面积5.66万平方千米，总人口400万。海岸线长1880千米。国家虽小，但历史沉淀深厚，风景也争艳叫绝。因篇幅有限，这些就不多说了。下面请读者朋友们鉴赏我在克罗地亚各景区用手机拍的几组照片。风光好不好，也请读者自己评价吧。如果能勾起你对这方土地的兴趣，也算有意义了！

在克罗地亚首都萨格勒布市，首先映入我们眼帘的是总督广场。接着，我们又游览了古城门、圣马可教堂、洛根什察克塔、圣母升天大教堂等景点。

▶ 克罗地亚各景区照一组。

晚上夜宿山中普利特维采小镇的酒店。早餐后，我们乘车两个多小时，来到所谓的"欧洲的九寨沟"十六湖国家公园游览。

▶ 以下照片摄于十六湖国家公园景区。

游完十六湖国家公园，又乘车两个多小时，来到克罗地亚西部的港口城市扎达尔。扎达尔最有特色的景点，一是"海之韵"（又称海风琴），二是"向太阳致敬"。艺术家充分利用大自然提供的能源，将人类的审美融入其中，给到此一游的游客耳目一新的感觉，纷纷将收获的喜悦通过网络撒播到四面八方。

◇ 钢铁硬汉铁托的故乡：克罗地亚

269

▶ 我也以先游者为榜样，将自己在此拍的照片放上几张，以博读者的欢心！

▶ 扎达尔古城也很值得一看，探索起来历史悠远，也故事连连……

◇ 钢铁硬汉铁托的故乡：克罗地亚

　　克罗地亚的第二大城市斯普利特，它的景点重头戏是游览戴克里先皇宫。这个皇宫虽然历史厚重，并且早就列入《世界遗产名录》，但周边民宿、商铺林立，观后微觉遗憾。

多次打响惊动世界枪声的地方：波黑

我们从克罗地亚境内取道直奔毗邻的波黑。

波黑全称波斯尼亚和黑塞哥维那，也是个小国家，总面积51209平方千米，总人口353万，首都萨拉热窝。历史上，长期被罗马帝国占领，后来也独立过，但在1908年又遭奥匈帝国入侵吞并。1945年成为南斯拉夫的一部分。1992年宣布独立。

波黑的历史轨迹尽管不复杂，但因地理位置特殊，历来是兵家必争之地，屡遭强敌操控，导致民族矛盾激烈。这里发生过好多搅动全世界的事件，特别值得指出的是：1914年6月28日，愤恨奥匈帝国占领的塞尔维亚青年普林西普，趁奥匈帝国皇储斐迪大公在波黑首都萨拉热窝时将其暗杀，从而成为引发第一次世界大战的导火索。在历史上记下了浓墨重彩的一笔。

我们这次在波黑游览，依然能看到战争留下的阴影，遭损毁的建筑还在路边，城市整体发展较为迟缓，民众日子相对贫困。

但是，所到之处见到当地人们的精神面貌，我认为总体来说也是朝气蓬勃的，只要留意，创造美好生活的愿望，到处都能感觉得到。

尽管这里多次被战争摧残，但也掩盖不了苍天给予这片水土的美好和壮丽！下面将在游览中用手机拍摄的照片分组罗列，以博观者评说。

我们进入波黑，第一站停留在莫斯塔尔老城。首先映入眼帘的是战争留下的痕迹。

▶ 战争在莫斯塔尔老城留下了痕迹。

◇ 多次打响惊动世界枪声的地方：波黑

紧接着来到16世纪建起的老桥头看景。这座桥曾是世界遗迹，在波黑战争中被毁，战后重建开放，风光无限好。

▶ 老桥头看景。

接着我们就沿着鹅卵石铺就的街道，在老城走了一圈。城里到处都是卖纪念品的铺子，游客慢慢观赏。不过看的人多掏钱买的人少，我不知道商店是如何赚钱的。

▶ 老城商店游客观赏的多，消费的少。

◇ 多次打响惊动世界枪声的地方：波黑

▶ 不过走走看看，吃吃喝喝，对于我们旅游者来说，仍然还是主旋律！

早餐后我们离开老城，又乘车沿途观景，几个小时后就到了位于萨拉热窝城边的中餐厅吃午饭，稍事休息，就正式来到了我们既熟悉又陌生的萨拉热窝了。

▶ 刚进萨拉热窝的随手拍。

275

▶ 这座桥的北侧，就是皇储被杀害的地方，该事件成为引发第一次世界大战的导火索。

▶ 这是刺杀皇储纪念馆的图片和皇储当年坐的车。

▶ 打眼望去，这个地方好熟悉。原来是老电影《瓦尔特保卫萨拉热窝》里的重要取景地——清真寺。

▶ 走过了这条街进入清真寺院子里,首先看到的是信徒们正在做祷告。

▶ 出了清真寺,又到老电影取景地铁匠铺老街道走走停停。

◇ 多次打响惊动世界枪声的地方:波黑

▶ 拜访完清真寺，又前往波黑战争留下的血渍玫瑰教堂。这里虽然曾经遭难，但现在还是一片祥和宁静。

▶ 再见了萨拉热窝！再见了，我们既熟悉又陌生的地方。友谊永远存在心中！

要想目睹天堂美景，就到杜布罗夫尼克

从萨拉热窝转道克罗地亚的杜布罗夫尼克（以下简称"杜城"），要两进两出海关，折腾下来近5个小时的车程。路颠车摇，致人睡意浓浓。车进入克罗地亚境内，转过山头，大巴就上了紧傍亚得里亚海的山路。抬眼望去，窗外闪现的景色顿然使我睡意全退，周身松爽。只见这大海在阳光下湛蓝清澈，宁静安逸。随着车转路绕，那镶嵌在海水中的一座座岛屿和岸上的建筑，毫无保留地闯入人们的视线，目不暇接。赏景的心呀，陶醉得一塌糊涂！

景美人爽，不知不觉，杜城就到了。实地一看，这里的景色确实震撼，真正地感受到杜城是个值得细细品味的地方，不愧被冠以"亚得里亚海之珠"的美名。早在1979年，这里的整个古城就被列入《世界遗产名录》。其中，老城墙是中世纪最伟大的防御系统之一，也是欧洲最大最完整具有复杂结构的城墙。当我登上城墙，眺望那连成一片的橙红色的屋顶和那闪烁着蓝宝石般光芒的海面时，我就被这磅礴的、傲视天下的霸气所震撼。

登高远眺，睹古人伟业，思宏伟中的艰辛，不禁心潮澎湃，思绪万千……

看着眼前美景，想起导游讲的"英国作家萧伯纳说，要想目睹天堂美景的人，就到克罗地亚的杜布罗夫尼克"的话来。我来了，又拍了不少照片，不显摆几张，怎么对得起萧伯纳的评说，又怎么对得起读者的眼睛？

▶ 杜布罗夫尼克美景一览。

▶ 这组图片都是大巴驰骋在克罗地亚境内傍亚得里亚海的山路过程中，用手机拍摄的。当然照片无论如何也是无法确切地显示现场的美丽，但是传递几多实况还是可以的。

▶ 以下这组图片是在杜城古城或城墙上用手机拍的。

▶ 天已接近黄昏，夕阳西下，从空中跌落海边，湛蓝的水面泛着微微的霞光。

◇ 要想目睹天堂美景，就到杜布罗夫尼克

以上照片都是摄于杜布罗夫尼克。以下照片就不是了……就算附件嘛！

► 编辑完上面的照片，突然想起前几天在克罗地亚的斯普利特看到的蓝湖、红湖还没有甩出显摆，单为此落篇成文略显夸张，故特挑几张照片附贴在此，也算是对"到此一游"有个交代。

以自己高山颜色命名的国家：黑山

我们从杜布罗夫尼克转道直奔黑山共和国，连过海关共 3 小时多车程，就到了黑山的著名港口古城——科托尔。

黑山，顾名思义就是黑黑的山。国名源自境内的洛夫琴山，此山不仅巍峨雄壮，而且这个区域长久以来就是抗击外敌的中心。再说山的颜色又是黑黑的，逗人爱，简直就是黑山民族不屈外辱的象征。所以黑山人干脆就把国家也叫"黑山"了。君不见黑山的国歌唱的吗？

啊，五月的清晨
我们的母亲黑山
我们是你山岩的子弟
是你荣誉的保卫者
我们爱你，巍峨的山地
……
黑山会永存！

不过黑山确实是个小国家，总面积 1.39 万平方千米，人口 61.7 万。海岸线 293 千米。这个国家多山，而且都是喀斯特地貌，荒山野岭，但山貌美哉，峡谷峰险，河溪纵横，确实奇美。所以黑山虽然小，但境内有好几处都被列入《世界遗产名录》。我们游览的第一站科托尔古城，便是一处。

▶ 君不见，黑山、黑山。黑黑的山，是多么巍峨壮丽，危峰兀立。美哉、壮哉！

◇ 以自己高山颜色命名的国家：黑山

▶ 科托尔古城，是亚得里海沿岸防御古城保存最完整的城市之一，所以被列入《世界遗产名录》。

▶ 科托尔古城不仅仅是旅游热门地，还是繁忙的港口，张开双臂迎接南来北往的客人。

285

▶ 黑山的首都也是一个蓄势待发的城市。

▶ 山尽管颜色是黑的，但这里人们的肤色并不"黑"，而且还白得很。

▶ 人类自古向往飞翔。

既熟悉又陌生的国家：阿尔巴尼亚

我们从黑山转道阿尔巴尼亚（以下简称阿国），尽管阿国现在对中国公民免签，但我们从波德戈里察入境阿国时，还是要查验护照的。进入阿境内，大巴就朝地拉那方向开，赶着中午饭点到达了阿国的国父、民族英雄斯坎德培的家乡——克鲁亚小镇。

克鲁亚小镇有近似黑山的风景，陡峭险峻山岚逶迤，气势壮阔，小镇房屋就卧在缓坡上。沿着鹅卵石道路步行到斯坎德培博物馆。博物馆在一座古城堡里，资料讲这个古城堡历史悠久，建于6世纪。城堡内耸立的雕像气魄不凡，只见那斯坎德培跃骑马背，紧握双刀，双目炯炯有神，凝视天空，大有随时策马狂奔、横扫千军的气势。

离开小镇，大巴直奔阿国首都地拉那。到达地拉那后，我们在国家博物馆、斯坎德培广场、地拉那金字塔等景点走走停停。

我们这个年龄段的人，对阿国真是既熟悉又陌生。说熟悉，不外乎在20世纪六七十年代，中国和阿国交往较多，当年有首歌叫《北京地拉那》唱得全国满天响……所以我说是熟悉，要说又比较陌生，主要是这次到此实地一看，也是走马观花，没有深入了解，不具发言权。但大致印象，却感意外。阿国的基础并不差，但现在看来，整个国家各方面发展都很滞后，经济方面，是欧洲最贫穷的国家。我们乘车路过的乡村，一眼望去，田地荒芜，民居杂陈，毫无规划可言。路遇人群，表情木讷，目光呆滞，毫无朝气可说。要列举不足，可以长篇大论，但没有必要。因为我们是来旅游的，挑别人毛病就没啥子意思嘛！不过实地见了，一点儿想法都没有也不正常。阿国的现状，确实给我留下了悲凉陌生的印象。

好了，就不多说了。还是放几组照片看看吧。

▶ 沿途乡村景色。

▶ 克鲁亚小镇风光。

▶ 地拉那印象。

◇ 既熟悉又陌生的国家：阿尔巴尼亚

▶ 当年为歌颂霍查而修建的所谓金字塔，还没完工就成为一个废弃的建筑。

因国名争吵几十年的国家：北马其顿

在世界历史上，以民族命名的古马其顿帝国曾经是伟业和辉煌的代名词。马其顿王国的国王腓力二世和他的儿子亚历山大，从希腊本土出发征战天下无敌手，曾征服小亚细亚、波斯、埃及以及亚洲的印度等地。后因亚历山大病死，族人内斗而解体。

马其顿民族成分比较复杂。马其顿王国时期一批操希腊语的部落因征战散居各地，但有一部分人仍留在了希腊，因此希腊本土现在也有以"马其顿"为地名的中、西、东三个大区。从整体上看，马其顿人不是纯粹的希腊人，但同希腊又有渊源。

因征战离开希腊定居在被征服区域的部落，将新的居住地也取名叫马其顿。从5世纪起，斯拉夫人又大批迁居取名马其顿的地方，因而奠定了现代马其顿南北（南：希腊人。北：斯拉夫人）之分的基础。到10世纪下半叶，一个新的马其顿国家建立。但后来多次遭强敌灭国和分割。时间推移到二战后，这个地方成为南斯拉夫的一个加盟国。1991年，宣布独立，取国名叫"马其顿共和国"，立刻遭到希腊反对。希腊认为："马其顿"国名暗示对希腊北部马其顿存在领土和文化遗产要求，希望其"更名换姓"，不然就阻止马其顿开展国际事务。而马其顿则宣称自己才是古马其顿王国和马其顿社会主义共和国的继承者。从而在坚持使用"马其顿"这个名称的同时，又大兴土木，将腓力二世和亚历山大作为自己的民族英雄塑像立碑。因此，对马其顿的做法，不仅希腊强烈反对，也引发了世界的热议。

为国名争吵二十多年，直至2018年6月，希腊和马其顿达成更名协议。2019年2月12日，马其顿议会通过宪法修正案，将国名改为"北马其顿共和国"。

北马其顿总面积2.57万平方千米，人口209.7万，首都斯科普里，是巴尔干半岛南部的一个内陆小国家。从旅游角度讲，好景点也是很多的，现在也罗列几组我现场拍的照片，供朋友们欣赏。

▶ 北马其顿首都斯科普里市中心广场一览。

马其顿独立后，拉大旗做虎皮，在首都斯科普里市中心广场上，塑造了腓力二世和亚历山大父子的雕像。这系列雕塑确实气魄雄伟，大气不凡。

▶ 腓力二世和亚历山大父子雕像。

▶ 这些威武的雕塑，将首都斯科普里市中心广场装扮得非常漂亮。面对这样的景点，你不多拍几张照片都对不起"到此一游"！

因国名争吵几十年的国家：北马其顿

293

▶ 广场经雕像装饰，一边的老城也都黯然失色。

▶ 人造景观设计得再好，也比不上自然景观的优雅。这是距首都几个小时车程的奥赫里德湖风光。

▶ 奥赫里德古城历史悠久。

地处巴尔干半岛东南部的国家：保加利亚

保加利亚共和国位于巴尔干半岛东南部，国土面积 11.1 万平方千米，总人口 644 万。

保加利亚曾被亚历山大帝国和罗马帝国统治。6 世纪斯拉夫人来到此地，同从黑海北岸和北高加索迁移到梅希亚的保加尔人融合，产生了保加利亚人。

保加利亚自然条件优越，拥有山地、丘陵、平原等多种地貌，森林覆盖率约占国土总面积的 33%。境内湖泊、河流纵横。

旅居保加利亚的华人、华侨，大多来自江浙和东三省，少部分来自北京、上海、河南和河北，有居住权的 2500 人，基本上都住在首都索非亚。

保加利亚旅游景点很多，但我们这次主要在首都索非亚游览，所以看了修道院和教堂，就转道塞尔维亚了。

这里是保加利亚的世界遗产保护地——里拉修道院。这个修道院处于里拉地区的深山老林中。距索非亚两个多小时的车程。修道院兴旺时有上万的修女修士。不过现在凋敝了，据说修行者只有十多人。

下面就请欣赏摄于保加利亚景点的照片吧！

▶ 教堂和美丽风景的图片打捆点缀一下。

亚历山大·涅夫斯基大教堂，是东正教在世界上最大的教堂之一，能容纳上万人。这个教堂是为感谢俄罗斯沙皇帮助抵抗奥斯曼帝国入侵保加利亚而建，并在教堂对面建起了沙皇纪念碑。

▶ 教堂和纪念碑的现场照一组。

▶ 这是圣尼克拉斯奇迹教堂,是俄罗斯驻保加利亚大使馆的官方教堂,也是为纪念在苏联红军帮助下保加利亚得到解放而建。

▶ 以下照片就是首都索非亚市的随拍了。

◇ 地处巴尔干半岛东南部的国家:保加利亚

297

▶ 最后这张照片，是保加利亚的耻辱纪念地。在土耳其统治时期，这是处决反抗者的现场。

一个坐在"火药桶"桶盖上的国家：塞尔维亚

塞尔维亚位于巴尔干半岛中部，同8个国家为邻。国土总面积只有8.85万平方千米，边界线总长2457千米。特殊的地理位置使其成为进出西欧、中欧、东欧，以及中东之间的天然桥梁和交叉路口。

塞尔维亚原来是一个邻海国家，随着南斯拉夫的解体，黑山的独立，成了一个内陆国家。世界各地的媒体常常以"火药桶"来指称巴尔干半岛地区，而塞尔维亚现在所处的位置恰恰如坐在"火药桶"的桶盖上。

自古以来，这里就是兵家争夺之地。塞尔维亚人在这样的环境中成长，练就了彪悍的民族特性。

我们这次在塞尔维亚游走，第一站来到了古罗马君士坦丁大帝的出生地——尼什。尼什古城现在大约有26万人。尼什古城位于市中心，紧傍萨瓦河而建。现在城内的建筑仅存废墟和框架，但也体现了各种文明在这里冲撞的迹象。

▶ 这就是尼什古城及遗迹。

▶ 这是建在古城旁边的烈士纪念碑。纪念的是 1999 年北约轰炸这里时遇难的人们。

我拍摄的下面这幅照片，记录了奥斯曼帝国绞杀塞尔维亚人的历史事件：1804年，塞尔维亚爆发武装起义，抗击奥斯曼帝国的入侵。入侵者将参战的15000名塞尔维亚战士的头砍下，用水泥浇筑在专门修建的"骷髅塔"外墙上，企图借此恐吓塞尔维亚人。事实上恰恰相反，暴行更加激发了塞尔维亚人的反抗浪潮，最终终结了奥斯曼帝国在这里的统治。

▶ 这是"骷髅塔"外墙及当时被砍了头的塞尔维亚起义者的纪念碑。

▶ 今天的萨瓦河仍然风光无限好。

离开尼什，随大巴走了 3 个多小时，我们就到了塞尔维亚的首都贝尔格莱德。贝城地处巴尔干半岛的核心位置，在多瑙河和萨瓦河的交汇处，被称为巴尔干半岛的"钥匙"。

▶ 位于贝尔格莱德的泰梅什古城堡，建于 3 世纪至 13 世纪之间，风光无限好。

▶ 站在萨瓦河和多瑙河的交汇处，望着清流远逝。

▶ 贝尔格莱德的市容也是很美的。

▶ 来到铁托纪念馆，拜谒铁托老元帅出来，碰到一群帅警察。

一个坐在『火药桶』桶盖上的国家：塞尔维亚

▶ 来到中国驻南斯拉夫大使馆旧址，首先见到的是孔老夫子的笑脸。

▶ 接着由导游领着，我们去向当年因北约空袭牺牲的烈士献花。

/// 305

被多瑙河缠绵得绚丽多姿的国家：罗马尼亚

罗马尼亚位于巴尔干半岛东北部，总面积 23.8 万平方千米，总人口 1905 万人。地形奇特多样，平原、丘陵、山地各占三分之一。蓝色的多瑙河、雄壮的喀尔巴阡山和多姿的黑海是这个国家的三大国宝。特别是欧洲第二大河多瑙河，在罗马尼亚境内就长达 1075 千米。沿途还汇集大大小小上百条江河，在罗马尼亚境内蜿蜒逶迤，流淌不息，浩浩荡荡注入黑海。不仅成为罗马尼亚重要的通航水路，而且为罗马尼亚造就了独一无二的三角洲，将其大地缠绕渲染得绚丽多彩，美艳动人。

罗马尼亚的旅游资源也很丰富，除首都布加勒斯特外，黑海海滨、多瑙河三角洲、摩尔多瓦地区和喀尔巴阡山山区等，都是不错的旅游目的地。

► 我们这次游走罗马尼亚，第一站就来到了世界遗产保护地：蒂米什瓦拉（泰梅什堡）。

► 多瑙河水清流远逝。

◇ 被多瑙河缠绵得绚丽多姿的国家：罗马尼亚

▶ 这是耸立在蒂米什瓦拉胜利广场上的罗马民族起源传说标志的雕塑。

▶ 蒂米什瓦拉古城被列入《世界遗产名录》。东正教、犹太教、基督教都在这里建有教堂。

▶ 广场上的几幢建筑，将窗户开得像眼睛。据说这是信仰的体现：站得高看得远，就距上帝和天堂更近。

从蒂米什瓦拉乘车3个多小时，到了锡吉什瓦拉古城。这个地方是罗马尼亚著名人物伏勒德大公的出生地，伏勒德致力于发展国家，恢复社会秩序，在奥斯曼帝国的阴影下保持独立。但他惯用酷刑，毫不留情地把犯人钉死在削尖的木桩上。他的严酷统治把当时的罗马尼亚变成了团结、强大的国家。但他的做派过于残暴，风评不好。所以在他为国战死沙场后没几年，人们就忘记了他的功劳，只记住了他的残暴。在后人眼里他成了恶魔，因此，他长期居住的布朗城堡也被人们称为"吸血鬼"之家。

▶ 这就是伏勒德大公的坐像。

▶ 锡吉什瓦拉古城景观虽不是重点，但也有看点。

▶ 匈牙利爱国诗人裴多菲据说，就战死在锡吉什瓦拉这个地方。

我们上午 10 点从锡吉什瓦拉出发，中午就到了布朗城堡。这个城堡原是用于抗击奥斯曼帝国入侵的防御工事，后逐渐成了集军事、海关、司法和行政管理于一身的政治中心。这里是伏勒德大公的居住地，就是前文所提到的"吸血鬼"城堡。

▶ 这就是名气很大的"吸血鬼"城堡。

◇ 被多瑙河缠绵得绚丽多姿的国家：罗马尼亚

311

▶ 等待进城堡游览的游客。

▶ 城堡内的部分展品。

▶ 在城堡内游览的游客。

▶ 站在城堡上往外看到的景象。

▶ 城堡周边游走也不错。

◇ 被多瑙河缠绵得绚丽多姿的国家：罗马尼亚

游完城堡，我们去了布拉索夫。游完黑教堂，便在热闹的市中心广场和步行街溜达溜达。

▶ 取名黑教堂，是因曾遭火灾烟子把教堂熏黑了。

▶ 广场和步行街都很繁华。

这趟巴尔干半岛之旅已接近尾声。早餐后，离开布拉索夫，我们又往锡纳亚和布加勒斯特去了。

位于锡纳亚的佩纳斯城堡，坐落在喀尔巴阡山的山谷森林中，被誉为罗马尼亚最美丽的城堡。始建于1873年，是典型的哥特式宫殿，也是罗马尼亚当时的国王卡洛尔一世夫妇的避暑山庄。

▶ 处在同一区域的锡纳亚修道院，虽然规模不大，但现在的宗教活动也很活跃。

◇ 被多瑙河缠绵得绚丽多姿的国家：罗马尼亚

/// 315

从修道院出来只有两个小时车程，就到了布加勒斯特。这个首都城市是一个很有故事的地方，特别是齐奥塞斯库的事迹，对我们这个年纪的人来说，很是记忆犹新。

▶ 照片上这幢楼就是当年罗马尼亚共产党中央委员会的办公地点。当年齐奥塞斯库就是站在这个露台上，面向楼下的抗议者做最后一次演讲，并在楼顶坐直升机逃离。

▶ 这个是老皇宫，现在的国家博物馆。

▶ 这是国家图书馆。

▶ 这是图书馆前原罗马尼亚皇帝查尔斯一世的雕像。

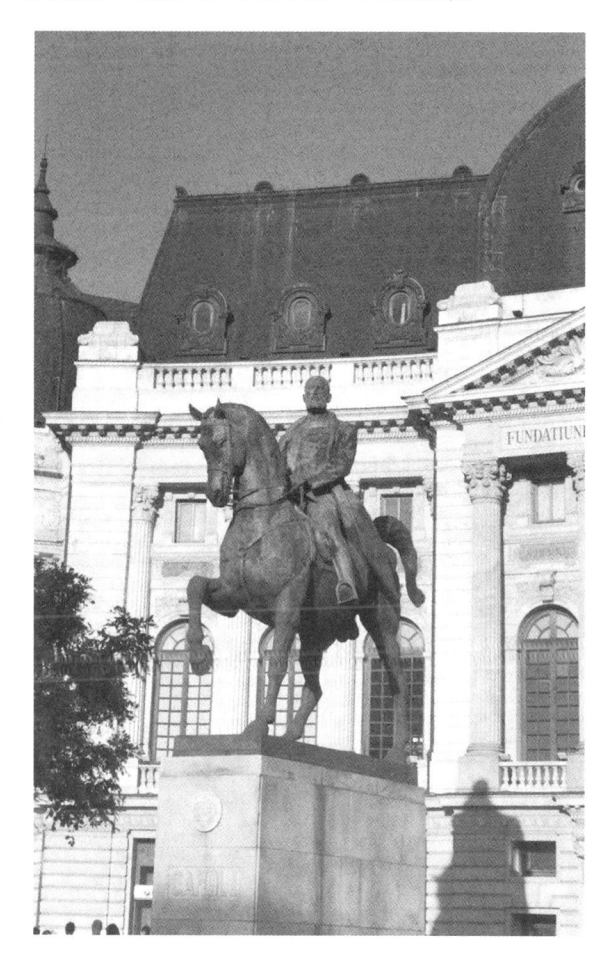

◇ 被多瑙河缠绵得绚丽多姿的国家：罗马尼亚

▶ 这是国家歌剧院。

▶ 这是国家议会宫。

▶ 在罗马尼亚境内一路走来，坐在车上也随拍了不少路边好景，放几张就算收尾了！

游走巴尔干：览尽好景多感叹！

2019年10月10日，从成都双流机场出发经多哈转威尼斯，正式拉开了巴尔干半岛九国游的序幕。直至29日返回成都，共历时20天。先后在斯洛文尼亚、克罗地亚、波黑、阿尔巴尼亚、黑山、马其顿、保加利亚、塞尔维亚、罗马尼亚等国游走，看景观人，兴致勃勃，自己觉得收获满满。

巴尔干半岛位于欧洲东南部，是欧亚大陆的接壤处，临近非洲。虽然总面积只有55万平方千米，却是多民族、多宗教的汇集地。自古以来就是个充满"血与火"的多难之地。尤其是近现代，这里爆发了数次影响人类历史的战争，以至于"火药桶"成为其代名词。

忆古思今，倍觉人类要远离战争，珍惜和维护和平，并坚定不移地消灭战争，保卫好和平，人类才能过上好的日子。

看别国想祖国，更觉得没有国哪来家，没有祖国的强大哪来的个人尊严。这个道理尽管浅显，但是不见得人人都懂。有体会的人们应该经常讲，时时不能忘。

有生之年，走走看看。俗话说得好，人不出门身不贵。世界那么大，多走多看长见识了。时间不等人，确实要抓紧了。

▶ 结束行程了，大伙和大巴车司机合个影。

▶ 从布加勒斯特飞多哈转机。飞机在多哈上空盘旋时，同行的朱大哥从窗口摄下的多哈夜景，真是醉了。

值得回头再聊的很多，先来个以点概面。

▶ 在中国驻南斯拉夫大使馆旧址，向我使馆的烈士献花。

◇ 游走巴尔干：览尽好景多感叹！

▶ 一路走来，大家都是这样的神情专注。

▶ 各种美景使人舒适。

▶ 闲暇之余,也随手记一下。老话说得好:好记性不如烂笔头。

▶ 外面的世界很精彩生活总是充满灿烂!

踏上太平洋的科隆群岛　其独特地貌实属罕见

——南美洲印记

从厄瓜多尔的基多乘机，跨越海面1000多千米才落地太平洋科隆群岛的西默尔机场。这里是深入各岛的咽喉。办完入岛手续，乘车时打眼望去：机场外岛，除有几株仙人掌和不见叶片的低矮植物外，就是一片灰茫茫的盐碱地，苍凉凄美，好似《星球大战》的拍摄地。顿时，我的眼球就被这突如其来的悲凉壮阔气势吸引住了。

进入主岛，沿途无叶的鸡蛋树和没见过的植物，将岛装饰得葱绿，但却掩盖不住岩浆冷却后残留在这里黑漆漆的岩浆岩。

万亿年前，地震和火山喷发将沸腾的岩浆从海洋里抬升出来，将这里变成岛屿。这就是群岛以东的海岛。这里在几百万年之间，不甘寂寞的地壳运动，又反复将地震和火山喷发的岩浆"运"到这里。海底岩浆在怒吼的海浪声中再次升起，又形成了群岛以西的岛屿和岛礁。就这样，地震和火山制作了13个海岛和19个岛礁，陆陆续续地形成了科隆群岛，它以自己独有的姿态，洋洋洒洒稳占7500多平方千米，赢得了世人的关注。特别是一些年轻的火山，现在还处在活跃期，随时都会喷发，仅在20世纪就喷发了好几次。最近一次是1998年9月，伊莎贝拉岛火山喷发，流淌的岩浆进入象龟栖息地，厄瓜多尔政府出动直升机救援，成为当时轰动世界的新闻。这片神奇的岛屿，吸引地球各处好奇之人不辞劳苦，奔波前来凑热闹。

花了几天时间随着游船环走各岛，所见真叫前所未见。

火山爆发的年代和当量的不同，决定了岛屿和暗礁的大小及高低；洋流风动等外部势力参与，又导致岩浆流淌形状各异。以上这些因素，造成了我们今天见到的这些景观，夺人眼球，独特无双。

以下就摆点儿用手机随意拍摄的照片。

▶ 火山喷发形成的天然湖泊，犹如镶嵌在险峰之上的碧玉，在阳光下献媚邀宠。

▶ 火山岩浆流淌形成的层次，致使有的岛屿成为旱山，为植物生长提供地盘，绿树掩映同陆地山川无两样。

▶ 火山喷发、岩浆流淌，情况各异，又在当时外因的影响下，鬼使神差地形成各种地貌特征。特别是岩浆奔涌横扫一切形成的崎岖山丘，真的是怪异得凄美壮观。

▶ 岩浆流淌的诡异制作出无数的精美岛礁或滩涂，成为动物的乐园，吸引着游人流连忘返。

畅游亚马孙热带雨林　风光无限好叫人醉呀

　　到亚马孙热带雨林看看，有这念头已好久了。记得学生时代学地理，只浅浅认识了亚马孙，就莫名的激动。随着时间推移，社会进步，又从不同的途径，特别是从电影、电视等媒介传播上，对亚马孙热带雨林的神秘有更多了解后，就更有亲眼见见的冲动。可惜呀，几十年来摸爬滚打为生活奔波，加之受社会环境制约，并不是想咋就能咋了，这念头确实是只存在于梦想中。都60多岁了，这次女儿安排到厄瓜多尔游走，就顺便到横跨其境的亚马孙热带雨林先了个愿。

　　是的，只能是先了个愿。因为亚马孙热带雨林总规模达700多万平方千米，比整个欧洲都还大。横跨巴西、厄瓜多尔等8个国家。而巴西才是大头，厄国境内只有几万平方千米。不过对于个体来讲，几百万和几万的概念尽管不同，但视觉效果和体验方式却是基本相同的。因此，我也就高兴地欣然前往了。

　　从基多飞40多分钟，飞机就降落在位于厄国苏昆比奥斯省的亚马孙热带雨林国家公园机场。坐上大巴行驶了近一个小时来到亚马孙河河边乘船前往酒店。抬眼望去，呵，好一派景象：窄处数百米、宽处超千米的河面静悄悄地缓缓流淌着，就如无风时的湖面，在阳光照射下波光粼粼，好似醉卧的少妇在无意间显出娇态，既自然又勾人魂魄。热带雨林突现。各种热带植物以各种各样的姿势，默默地满怀爱意为这缓缓流淌的河水站岗执勤。我们随酒店游船匆匆前行，船底触碰河水，顿时打破了一片宁静，惊得岸边丛林中的鸟儿，呼啦啦飞起，喳喳闹着，从船头上空掠过扑向对岸。

▶ 游船上的自拍照。

▶ 在飞机上看到的亚马孙河。

◇ 畅游亚马孙热带雨林 风光无限好叫人醉呀

▶ 在飞机上看到的亚马孙热带雨林。

▶ 下大巴换乘游船在码头上看到的宽阔河面。

▶ 以下图片均为坐在船上看河堤两岸的点滴。

下船上岸进入雨林，在林间小路行走半个多小时，又坐上独木舟状的铁船，伴着有节奏的划桨声，在雨林水道前行30多分钟，水道渐渐地宽阔，不经意间，突现一片宁静的湖泊，面积超过上千亩，优雅地躺卧在茫茫林海之中，就像私藏闺中的美人，众人不相识，但露面就迷倒众人。宽阔水面不规则的边缘漂浮着一些绿油油的、紧扎扎的水草，拖扯着一些低矮怪树散落在微突的滩涂湿地，把一道道不规范的水流牵进黑黝黝的森林，伴着密林深处不时响起的鸟叫蝉鸣，给人一种恐惧中又带喜悦的感觉，陡然产生探寻这里神秘的冲动。

▶ 游船上随手拍一组。

这厢还在欣赏回味中，可转眼就跳出来一座更加冲击我视觉的建筑物来，阳光明媚下站在湖边笑眯眯地迎接来此的客人。这就是我们要下榻的酒店，叫沙夏。这个酒店很有档次，消费也昂贵，吃、住、行每人每天要2000多元人民币。经了解，这家酒店开业快30年了，主要接待欧美游客，亚洲游人很少出现在这里。

◇ 畅游亚马孙热带雨林 风光无限好叫人醉呀

▶ 沙夏酒店看起来很有档次。

这家度假型的酒店，消费虽然昂贵，但各项安排却也尽善合理。吃住不细说，只讲安排出行休闲度假又体验热带雨林风情的活动。尽量避开炎热时段，由导游带领一早一晚，或坐船或步行穿梭在雨林，或观鸟赏动物，或登高眺林海。参加这些活动觉得既赏心悦目又惊喜刺激，颇有收获。

▶ 酒店安排的活动一览。

自由穿梭厄瓜多尔　游玩体验丰富多彩

2018年8月下旬，我们从成都飞往旧金山。休整三天后，再从旧金山经亚特兰大转飞基多。自由行游走了厄瓜多尔的基多老城及周边火山区域等景点后，又游走了科隆群岛和亚马孙热带雨林。在漫游中，除了正常的乘机、搭船、坐车外，我也跟年轻人一样，激情漂流、高空速滑、徒步登山、钓食人鱼等活动都去参加。所到之处，目睹了一些以前没有见过的动物，比如蜂鸟、海鬣蜴、金刚鹦鹉、大象龟等。现在发几张实拍照片，供读者欣赏。

▶ 厄瓜多尔漫游随拍。

行走世界　览藏好景　第一辑

　　这次自由行用时20多天。连续乘机、搭船、坐车、徒步和参加相关活动，收获颇丰。在实践中再次检测了下自己，看来身体还可以应付，下次继续漫游没问题！

后记

2024年，我和朋友岳军自驾从西藏游到新疆和青海。7月23日上午10点左右，正在帕米尔高原昆仑山脉半山腰的盘龙古道览景，突然收到资深出版人余笙先生的电话，他告知我，我的《行走世界 览藏好景》文稿交出版社后，选题已通过，要我过目好返回出版社的稿件。我回应等自驾游结束再联系。从新疆若羌游进青海，尽兴后返回成都，正碰罕见高温，我只好在青城山休整缓口气。到了8月底，才将此文稿过目。返回余笙先生处时，已是9月上旬了。

我这本《行走世界 览藏好景》既是自己人生经历中的过往，也可以说是同时期历史的浸润。像我这样年纪又无背景的人，如不遇改革开放的时代，要想出国旅游，是不可能的。幸随改革开放的际遇，我首次出境是在苏联解体之前，所以就有了书中《第一次出国我到的是苏联》的开篇。后来，我"下海"干个体，自由度就更大了，便一发不可收地寻找机会到处走，几十年下来不敢说游遍世界，但到目前为止也游览了70多个国家和地区。刚开始是写笔记，收纳照片每年编成影集。到了2018年下半年，知道"美篇平台"这回事后，才开始写游记。从此就随游随记，累积的游记，除为庆自己70岁生日由出版社出了本《浅浅的足迹》国内游散文集外，还留存国外游若干篇在平台。特别是因《浅浅的足迹》出版后，在朋友们鼓励下我成为四川省散文学会会员和成都市作家协会及金牛区作家协会会员后，看到圈内好多比我年长的作家老师仍笔耕不辍，深受鼓舞，于是，我又利用闲暇看日记、翻影册，靠记忆补写若干游走国外的实录，取名《行走世界　览藏好景》编辑成册，交资深出版人余笙先生联系出版社出版，因此就有了本文开头的电话叙事。

尽管说国外游已交出版社了，但我已游过甚至还多次去的一些国家，如俄罗斯、澳大利亚、韩国、日本、英国等，都还没来得及记写，实属遗憾。为不留遗憾，我打算在今后的日子里，在继续行走世界的同时，将游了没写的国家也聚集成册，再出一本国外游续集，供朋友们做参考。

张尔全草于 2024 年 9 月 5 日午休后